大展好書　好書大展
品嘗好書　冠群可期

大展好書　好書大展
品嘗好書　冠群可期

鑑往知來 5

陳羲 主編

『唐詩選』給現代人的啟示

大展出版社有限公司

前言

在二十一世紀來臨的今天，我們所面臨的，是一個急遽變化的時代。世界固然如此，就是我們的國家、商場、家庭和一般人的日常生活，也莫不隨著而有了很大的改變，因為這樣，更導致人們價值觀的不同，這些改變來得如此迅速而劇烈，所以在人與人相處的人際關係上，造成了難以調適的困難。

對這樣的情形，我們該採取什麼因應措施，才能使自己能有個圓通、順利的人生呢？我們以為古籍將能為我們提供許多資訊和答案。

所謂「鑑往知來」，即明識往事，可以推知未來。例如，我們閱讀史書，多識古事，可以鑑往知來，有助於做人、做事，甚至為政治國。

在古籍裡，無論歷史著作、文學作品、哲學思想、處世訓誡，或兵法，都是經過激烈的政治環境的變化過程而完成的，因此，書中的人物透過作者的文筆，呈現出來的思想，是很可以作為我們參考的。何況，這些古籍都經過悠久歷史的考驗，而被流傳下來，自然最能為我們提供適應生存與變化的學問。

另外，古籍作品的可貴在於，在這些著作裡，它雖然表現出彈性的風貌，以期能適應中國長期以來政治變化多且大的環境，但是，在這些著作的精神裡層，每一部不同的書籍，都還保持著它們自己的主觀性的個性。

對現代的人們而言，我們所要探討的主題之一，是有關於心的問題。

……被周圍物質環境所包圍的空虛的心。

……很難再以合理的方式去抓住人們的心。

生活在今天的社會，雖然物質生活不虞匱乏，但是，許多人多多少少曾遭遇過有關心靈的問題。而在這一方面，古籍是能有所幫助的。因為，時代、社會制度雖然在改變，然而人的心靈卻終究是不大有變化的，而古籍卻能幫助我們透徹的了解到心的深處。

這就是為什麼在醫藥如此發達的現代，而中國醫藥的方法仍被世人重視的原因。中國的醫藥重於改變體質，可以使現代醫學難以治療的慢性病痊癒。我們以為，古籍也能將現代人有病的心，予以治癒。

這套叢書就是以這樣的觀點，將歷史、思想、文學等古典作品集合起來，希望給現代社會帶來一些貢獻。

古籍相當繁多，我們擇取與現代社會有關的作品，並從此作品中選出意義較深的名言，加以解釋和說明，這也可以說是抽取精義的一種作法。

經歷了數百年，甚至數千年考驗的先人的遺產，若對今日社會人心的智慧有所啟發。或以之作為人生的指南針，為人們帶來些心靈的安靜，或對諸位有任何幫助，這是本叢書出版者最高興和光榮的事。

編著群

目錄

關於唐詩

歷久彌新地流傳到今天的唐詩

『唐詩』是中國官僚社會下的產物。在中國的任何朝代都有詩人存在，而唐朝的詩人大部分都是在朝為官。因為當時工商企業不發達，「做官」是知識份子唯一的晉身之道。而且自唐朝確立科舉制度以來，做官不再是有身分地位的人的專利，庶人只要會做詩，也有機會做官。這種「以詩取才」的晉身之道，吸引了更多人想要去做官，於是形成了官僚社會。就如同現代社會，每個人都想謀一分職位，爭取一分薪水一樣。

讀者只要用心品味唐詩中的每個句子，就不難有「感同身受」的感覺。原來當時詩人的心境、觀念竟然與現代人完全相符呢！

本書完全站在「掌握平實」的角度，從『唐詩選』和『唐詩三百首』中挑選出名言佳句，歸納編纂而成。其中一～一百則是描寫人生、社會的百態。一〇一～二百則是一種自然情感的流露。

科舉

中國的官僚制度是全世界最古老的一項制度，惟到了西元前三世紀的秦王朝才開始有了明確的制度。漢朝的制度雖然延襲秦朝，但是從後漢到南北朝，豪族的勢力增強了，家世自然成為決定身分與地位的關鍵，這也就是「實質性的貴族制社會」，而當時的皇帝就是至高無上的貴族。

歷經南北朝三百年的分裂時代，隋統一了中國，並且開始壓抑貴族。皇帝致力於爭取獨裁統治權，唐朝也積極地推動此一方針，其中最有力的武器就是「科舉制度」。

所謂「科舉」是指分類科舉行考試以遴選人才。主科是明經和進士，明經是注重與儒學經典有關的知識；進士則測試詩詞文章的能力。其他還有明法（法律）、明學（書法）和明算（算術）等科。

考試合格者，分別派任專職，但是，升遷之道受到管制，因此，有志於最高行政官者就必須集中在明經、進士兩科。進士科及格者，必須是博學多才，所以能考取的人實在少之又少。因此，有句俗話就由此產生「三十老明經，五十少進士」，意思是在三十歲以前以明經合格者可說已是老邁之輩，而五十歲能進士及第卻還算年輕。因此，能通過這種能夠考試，在當時來說，是備極殊榮的。

在唐代，高等官（從正一品到從九品。四品以下又有上、下之分。大致分為三十階段）的產生方法，除了考試制度之外，五品以上官職家的子弟，可以無條件地獲得官位，這就是所謂的世襲制度，但是，有些擁有特權的弟子們厭惡不願受人輕視，寧可參加考試，這也是形成門閥貴族的權威衰退的原因之一。

唐代的名詩人大部分都是進士出身。但是，科舉只是一種資格考試而已，如想任官，則必須通過由吏部（今之人事部）所舉行的任用考試，據說參加此一考試，除了成績外，還要考察個人的人際關係。但從此之後，前途仍然變幻莫測，稍有不慎，就會惹來殺身之禍，甚至滿門抄斬的悲慘下場。而有些人則懷才不遇，僅做個小官，終其一生。能擁有高官厚祿的詩人，只有韓愈、白居易等少數幾人而已。

官僚社會中的組織

在官僚組織中，擁有最高地位的是，輔佐皇帝、參與國家大事，且有決定權的宰相。一朝中，宰相的人數約有六名左右，由皇帝指派，由各省的長官或次要長官兼任。

中央——以中書、門下和尚書三省和御史台形成中央組織的核心。中書省擔任政策的立案和起草政令（詔勅）任務；門下省則審查政策政令，認為有不當之處，可以駁回；尚書省則是根據既定的方針，執行行政的機關。三省以下又分做吏部（人事）、戶部（財政）、禮部（祭祀、科舉）、兵部（國防）、刑部（司法）、工部（土木）等六部。

地方——唐的地方制度是典型的州縣制。每一州由數縣形成，全國區分為三百五十州和一千五百多縣。州最特別的是，府和都督府。「府」以西都長安稱為京兆府、東都洛陽稱河南府為最早，以後逐漸擴大至與皇室有深遠關係的太原和成都等府，共有十府。而督都府設於軍事要地，全國約有四十多個。州之長官為刺史，府為尹，都督府之長官為都督，縣之長官則為縣令。

既然是中央集權國家，中央的地位一定較地方優越，從中央到地方，九品以上的高等官員之任免權，完全是屬於皇帝的權限。選考業務中，六品官以下由尚書省吏部執行；五品官以上則由宰相執行，再經過門下省審議，上奏皇帝裁決後生效。

唐詩的形成

中國的古詩，就是一般所稱的「漢詩」，到了唐代才有了固定的形式，大致又區分為近體詩和古體詩兩種。

近體詩包括**律詩**、**絕句**和**排律**，其格律有一定的平仄和對偶，有和諧的音節，有整齊的章句，作者不能自由地踰越它的範圍。例如，字數方面分為五言和七言，句數則有四句或八句，四句稱為「絕句」，八句稱為「律詩」，尚有平（平聲）、仄（上、去、入）聲之分。此外，還要押韻，五言詩通常是在偶數句押韻。

絕句以起、承、轉、合的結構為原則，律詩則在中間二句必須是對句。古詩即古體詩，意指唐以前的詩，完全沒有字數、句數和平仄的限制，押韻方法也非常自由。分為五言古詩及七言古詩。

『唐詩選』和『唐詩三百首』

唐詩選——第一卷為五言古詩，其次依序為七言古詩、五言律詩、五言排律、七言律詩、五言絕句和七言絕句等七卷。

文學史上，將唐詩分為初、盛、中、晚唐四期，初唐從唐高祖到第五代皇帝睿宗為止，約一百年間；盛唐從第六代皇帝玄宗到其子肅宗，約五十年間；中唐從第八代皇帝代宗到第十四代皇帝文宗截止，約八十年間；晚唐是從第十五代皇帝武宗到唐亡為止，約七十年間。不同階段，詩風也有顯著的差異。一般說來，初唐詩風較為華麗唯美；盛唐則雄健高雅；中唐平淡而詭異，晚唐則以精緻、綺艷見稱。

唐詩選的編纂一反宋詞平淡細膩的作風，希望能再度恢復盛唐時雄健高雅的詩風。選錄唐代詩總計四百六十五首，其中盛唐的作品就占了三分之二，而中、晚唐詩人代表如：白居易、李賀和杜牧等人的作品卻只有一首而已。就連「社會詩人」杜甫的詩都被遺漏掉了；再就詩體來看，以律詩為多，可見其編輯方式過於偏差之一斑。

唐詩選的編者為詩人李樊龍，他以簡單扼要的編纂方式博得盛名，且使此書流傳不朽，甚至直到清代依然擁有眾多讀者。惟其偏重盛唐的文學理論，普遍受到嚴厲的批評。

唐詩三百首——編者為孫洙，清朝人。第一卷為五言古詩和樂府（配合樂曲而唱歌，嚴格說來，不能算是詩體。）第二、三卷為七言古詩，其次為七言樂府、五言律詩、七言律詩和樂府、五言絕句和樂府、七言絕句和樂府等八卷。

詩數則依版本之不同，而有三百一十首到三百二十一首不等。與『唐詩選』重複的作品並不多。詩的內容除了一部分是與社會批評有關的詩外，大都屬於通俗的詩。

本書選取了以上二書中的名言佳句，並補充二書中所沒有的作品。同時，為了使全文貫穿，即使是特別短的律詩和絕句，也都儘量將原文全部刊載出來。

一、傾全力輔佐，為報知遇之恩

（『唐詩選』魏徵・述懷）

人生感意氣　功名誰復論

是說大丈夫在人生過程中，如有人值得他效忠，他會奮不顧身地鞠躬盡瘁，即使是拋棄榮華富貴也在所不惜。

魏徵（西元五八〇～六四三年），為隋末大亂的群雄之一，與李密同時歸順於唐高祖。

不久，李密因叛國而被誅殺，魏徵的處境非常危險，另一方面，李密的部下徐世勣在山東擁有強大的兵力，幸好高祖擢拔魏徵為秘書丞，並命其前往鎮撫。這首詩是他在出發前所作的，充分表現出為報高祖知遇之恩而矢志效忠的赤誠。

後來，他成為皇太子建成的心腹，但是，因建成與弟太宗爭奪皇位失敗被殺，此後，他又受到太宗的賞識而封為諫議大夫，魏徵同樣的為感皇恩，傾全力輔弼君主，終而被列為唐朝開國大功臣之一，他真可說是貫徹了「人生感意氣」的真諦。

二、為榮譽而死的悲壯情懷

誓掃匈奴不顧身　五千貂錦喪胡塵　可憐無定河邊骨　猶是春閨夢裏人

（『三百首』陳陶・隴西行）

這首詩闡揚壯士為榮譽而死的悲壯情懷，卻也道盡戰爭的殘酷，以及生者的可憐與無奈。

本詩之可貴就在於不直接道出生者的痛苦，而痛苦之情卻已表露無遺。戰爭是殘酷的，多少人為了它，奮不顧身、犧牲一切，卻落得妻離子散，家破人亡。

而以太平盛世來說，榮譽心固然重要，但是，奉勸讀者，當你滿懷悲壯豪情或僅僅是一時激情時，請退一步為所有愛你的人設身處地三思而行才好。

知道如何行動，知道如何節制，只有賢能的人才能辦到；能夠忍讓，能夠大幹一番，才是大丈夫。

三、待人要心存體卹

安得廣廈千萬間　大庇天下寒士俱歡顏　風雨不動安如山　嗚呼何時眼前突兀見此屋　吾廬獨破受凍死亦足（杜甫・茅屋為秋風所破歌）

安史之亂後，民不聊生，杜甫帶著家人四處漂泊，好不容易得以在成都暫時安居在一間破舊的小茅屋中，不料屋漏偏逢連夜雨，小茅屋竟被凜烈的秋風吹壞了，這首詩就是他和家人在整夜淋雨，難以成眠的困境下油然而生的感慨。

詩中透露了詩人寬廣的胸襟與偉大的情操。杜甫（西元七一二～七七〇年），一生飽經憂患，加上自己懷才不遇，發而為詩，頗能引起世人的共鳴，情真語摯，故有「社會詩人」及「詩聖」之美稱。

杜甫這種體卹天下蒼生之心，實在值得我們效法。

節操像鵷雛不吃老鼠一樣清高，風度神韻像無拘無束的野鶴站在雞群中那樣獨立不羈。君子的志向是讓天下人受到恩澤，小人的志向只顧自己得到榮耀。

四、一擲千金的遊俠作風

承恩借獵小平津　使氣常遊中貴人　一擲千金渾是膽　家無四壁不知貧

（『唐詩選』吳象之・少年行）

這首詩表現了任性的年輕人，結交權貴之士，一擲千金，揮金如土，到頭來家徒四壁，卻仍不知及時醒悟的遊俠心態。

年輕人血氣方剛，容易將一切情緒訴諸一時的意氣，往來達官顯貴之間，有恃無恐，揮霍無度，終致一無所有的地步。這固然是成長過程必經的階段，但是，若能幡然醒悟，未嘗不是成長的契機。

與「一擲千金」迥異的「一毛不拔」，同樣是過猶不及，尤其是「拔一毛以利天下而不為也」的心態與作風，更是要不得，二者之間的拿捏適中，實非易事啊！

事理雖然各種各樣，但可以用一個基本理論加以觀察；未來的事情雖然遙遠，但根據過去的經驗也容易預測。

五、慎選人才

一夫當關　萬夫莫開　所守或匪親　化爲狼與豺

（『三百首』李白・蜀道難）

這首詩是出自於李白（七〇一～七六二）年的「蜀道難」，描寫李白的故鄉——四川省，山川壯麗、地形險峻，要塞堅固，易守不易攻，警戒當局者，在重要的關口要用親信的將士來把守。

因為從四川到長安，必須經過險峻的「劍門關」，以及高且險，緜延長達三十里的棧道。由於地形險峻，即使只有一個英勇的將士把守，也能抵擋千萬個士兵來襲，但這個將士必須是值得信賴的親信，否則，一旦引狼入室，要塞落入敵手，要想奪回就比登天還難了。

易守不易攻的地形，容易被人疏忽，失去了警戒心，造成難以彌補的缺失，因此，遴選人才防守時，不可不慎哪！

六、以明鏡止水的態度面對橫逆

寒雨連江夜入吳　平明送客楚山孤　洛陽親友如相問　一片冰心在玉壺

（『唐詩選・三百首』王昌齡・芙蓉樓送辛漸）

這首詩表明了作者超越名利、地位的澹泊心境。

作者王昌齡（六九八？～七五七年？）為盛唐絕句名詩人。個性不拘小節，曾任江寧（南京）、龍標（湖南省）的地方事務官，因為得罪了小人，以致於在安史之亂逃回家鄉的途中被殺。

這首詩是他在江寧就任時，站在瀕臨長江的芙蓉樓送他的朋友辛漸回洛陽而作的。

敘述自己安於平淡，心如止水的境界。這種超然的心態絕非公子哥兒或是道學者所可領略的。中國自古以來的知識份子當處於浮沈不定的官場中，就會以這種明鏡止水的態度面對一切橫逆。

七、男兒的氣概

羨君有酒能便醉　羨君無錢能不憂
如今五侯不愛客　羨君不問五侯宅
如今七貴方自尊　羨君不過七貴門
丈夫會應有知己　世上悠悠何足論

（『唐詩選』張謂・贈喬琳）

張謂詩中的喬琳，是一位安於貧窮，生性豪放磊落而詼諧的人。不拘小節，即使在晚年，官拜宰相時，仍不改大而化之的作風。最後，被叛國者朱泚所抓，仕賊軍時又表現出一副不負責任的態度，因此在亂平後被處死刑。

喬琳自有他的一套處世哲學，貧窮時，只要有酒亦能自得其樂；不逢近諂媚權貴者。富貴榮華對他來說，就像浮雲一般。

貧窮不可恥，但要窮得有志氣，是這首詩給我們的最好啟示。

不懂得廉潔自愛，就什麼東西都敢據為己有；不知道羞恥之心，就什麼事情都幹得出來。自身缺少德行，雖然說話都是引經據典，但人們也不相信。

八、把悲憤化為力量

（白居易・江南謫居）

憂方知酒聖　貧始覺錢伸

這首詩是白居易（七七二～八四六年）被流放到江西省江州（九江）時，有感而發的。白居易在官場中，政治理想甚高，為人剛直，不屈權勢，言行舉止肆無忌憚，遂遭怨恨，終以越權的罪名被流放到江州。數年的謫居生涯，對他的一生影響很大。

詩中所謂的「酒聖」，並非藉酒澆愁，「錢神」亦非世俗的拜金觀念，而是在絕望之餘，藉酒支持自我，檢討過去、策勵未來，以及重新評估以金錢為象徵的「權力」的意義與價值，把懷才不遇的悲憤化為力量，希望早日東山再起。

基於這個認知，他又得以重返政壇，並一改往日作風，儘量避免捲入政客紛爭之中，廉潔而平靜地走完一生。

九、堅守節義

蘇武魂消漢使前　古祠高樹兩茫然　雲邊雁斷胡天月　隴上羊歸塞草煙
回日樓台非甲帳　去時冠劍是丁年　茂陵不見封侯印　空向秋波哭逝川
（『三百首』溫庭筠・蘇武廟）

蘇武為漢武帝的使者，被派往赴匈奴地，雖被俘虜卻始終不肯投降，不畏權勢不為利誘，堅守節義，後來匈奴王一怒將他流放到拜卡斥湖畔的荒野之地牧羊，長達十九年，直到漢使者將他接回國時，他已是一白髮蒼蒼的老人了。

這首詩是詩人憐惜蘇武的苦節，並譏諷漢武帝的賞功太薄，而道盡了蘇武蹉跎了歲月、抑鬱不得志的悲哀。

古有明訓：忠臣不仕二主，蘇武真可說是這句話徹底的實踐者，悲歎其苦節之餘，我們應效法他這種堅定不移，忠貞不貳的節操。尤其是在目前這種正義心理不彰的社會，唯有秉持這種情操，不隨波逐流，方可立於不敗之地。

十、摒棄功利主義

越人自貢珊瑚樹　漢使何勞獬豸冠　疲馬山中愁日晚　孤舟江上畏春寒
由來此貨稱難得　多恐君王不忍看

（『唐詩選』張謂・杜侍御送貢物戲贈）

這首是詩人張謂寫給朋友的戲贈詩，所謂的戲贈，主要是為了避免遭致諷刺的措詞。張謂的朋友杜檢察官（侍御）負責護送來自南方的貢品。

這首詩主要是呼籲世人不要被身分、地位所羈絆、所迷惑，免得喪失了最寶貴的東西。

「獬豸」，傳說是一種像羊的野獸，能分辨曲直，見到人打鬥時，會用角去觸理曲的人。

詩意是越人貢奉難得之貨給漢人，無需檢察官親自去張羅，也不要太勢利，因為這樣反而不能掌握立場，當顧全大局，揚棄功利的想法，才不致貽笑大方。

十一、不戰而勝的智慧

王師非樂戰　之子慎佳兵　（『唐詩選』陳子昂・送別崔著作東征）

崔著作是陳子昂（六六一～七〇二年）的好友，也是他的幕僚，任職國史編纂官，這首詩是當東北契丹族反叛，崔著作即將前往征討時，詩人陳子昂寫給他的。詩意是說：就算是王者之軍也不能高興戰就去戰，提醒世人儘可能避免以武力解決問題。

所謂「兵是凶器」的觀念，就是貫徹了中國固有的作戰思想。戰爭是最後，最不得已的情況下才使出的手段。一些著名的兵法家們的戰略理論就是以這個觀念為出發點的。

例如，孫子強調外交戰；吳子則主張充實內政、壓抑戰爭；尉繚子也重視站在防守的立場，再透過政治取勝，亦即所謂的「政治作戰」，都是明顯的例證。

正所謂：「高明的木工不一定親自去砍削木料，真正勇敢的人不隨便和人動武。」的寫照。

十二、人生是苦的?!

讀書豈免死　讀書豈免貧　何以好識字　識字勝他人　丈夫不識字
何處可安身　黃連搵蒜醬　忘計是苦辛
（寒山）

寒山，據說是初唐的傳奇性人物，拾荒、乞討為生。他常在牆壁、石頭和竹木上題詩，但都不寫詩題，內容涉及自然、人生和佛教等等。

這首詩否定了世人「萬般皆下品，唯有讀書高」的觀念，他認為即使書讀得很好，仍難逃一死或免於貧窮，但是，為了安身立命，又不得不讀書。在競爭激烈的社會中，為了要高人一等，就必須有豐富的知識，但這就好像是在黃連上塗了大蒜泥一樣，只不過是想利用大蒜的辣味掩飾黃連的苦味而已。

普通人只要願意努力，就可以成為聖人；能夠成為聖人的人，如果不努力，也就只不過是普通人而已。眼前所得到的結果，不論是好、是壞，原因都是由自己種下的。只是如果得到的是好結果，一般人都會認為：「因為我努力，當然會得到好結果。」反之，如果結果不好，則會認為：「不是我不好，是有人扯我後腿。」把責任推到他人身上。

十三、物極必反

凡為大官人　年祿多高崇　權重持難久　位高勢易窮　驕者物之盈
老者數之終　四者如寇盜　日夜來相攻　（白居易・凶宅）

這首詩是說長安市內有一棟豪門宅邸，曾經繁榮一時，但是，自從宅邸主人因故被處刑流放後，該屋便形同「凶宅」，無人居住。白居易有感而發為詩，他說：住居高位者，享有權勢厚祿，但是這些外在的條件，往往會因時而變，無法長久持續擁有，況且物極必反，年齡、地位、俸祿、權力等四者，就像是一個凶賊一樣，始終虎視眈眈地覬覦他人的可乘之危，不可不慎哪！

詩人奉勸擁有以上優厚條件者，當思得來不易，謹慎處之，並了解「謙受益，滿遭損」的道理！

要做一個天地間沒有缺點的人，很難。從生下來到臨死，完完全全地沒有一丁點兒錯，更困難。

十四、不可恃才而驕

早被嬋娟誤　欲粧臨鏡慵　承恩不在貌　教妾若爲容　風暖鳥聲碎
日高花影重　年年越溪女　相憶採芙蓉（『三百首』杜荀鶴・春宮怨）

杜荀鶴（八四六～九〇四）為晚唐的社會詩人，他的詩中透露出厭倦了官僚生活，因而作詩以諷刺。但在寄怨寫恨之餘，也提醒在上位者不要以貌取人，亦不可聽信讒言，應遴選真正有抱負，能為國家效力的人才。

詩文是說，宮女越溪憑恃美貌而入宮，但是，姿色容貌不能長久，一旦色衰愛弛，被打入冷宮，即使再修飾打扮又有何用？溫暖的和風中，鳥兒清脆地叫著，陽光普照下，春花開得多麼嫵媚。一年又一年地過去了，不禁懷念起昔日採芙蓉的女伴們。

這是恃貌而驕的宮女的際遇，凡人亦同樣不可恃才而驕。確記，驕傲自滿必然遭致挫敗，謙讓虛心就會獲得長進。禮貌謙遜地讓人一寸，便會得到別人一尺的回敬。

十五、月是故鄉明

客舍并州已十霜　歸心日夜憶咸陽　無端更渡桑乾水　卻望并州是故鄉

（『唐詩選』賈島・度桑乾）

賈島（七七九～八四三年），中唐的詩人，新唐書賈島傳記載了賈島因「推敲」一故事而聲名大噪，是「苦吟詩人」。

這首詩是他旅居并州（太原）十年後，即將渡過北桑乾河時所作的。

「在并州客居已達十年，其間也曾歸心似箭，心繫故鄉咸陽（長安），但是，當我再度渡過桑乾河時，卻又懷念起一向視為異鄉的并州。」

每個人都極力找尋一處可以安身立命之地，最能令人充實嚮往的地方，唯有故鄉了。但是，當要離開久已習慣的異鄉時，又不免要「將他鄉做故鄉了」！你是否也曾有過這種感觸呢？

瞭解「知足」的人，心靈必然是平和的。反之，就算住在豪宅裡，也不會就此滿足。而且一旦與他人競爭，可能有連到手的東西都一併失去之虞。

十六、消極中有積極的意義

棄我去者昨日之日不可留　亂我心者今日之日多煩憂　長風萬里送秋雁
對此可以酣高樓　（中略）　抽刀斷水水更流　舉杯消愁愁更愁
人生在世不稱意　明朝散髮弄扁舟

（『三百首』李白・宣州謝眺樓餞別校書叔雲）

這是李白在宣州（安徽省）的謝眺樓為任職圖書校對的叔雲餞別時所作的詩。詩中充分流露出人生在世要不斷地和內心的憂愁奮戰到底的無奈。

詩文是說：終日追求「內心之故鄉」，卻帶來無限的煩憂，而生命卻不斷消逝的在短促的人生旅程中，縱有豪興欲攬日月，然而抽刀斷水水更流，舉杯澆愁愁更愁，既然無法稱心如意，不如明日再搖起槳，走向那遙不可知的未來。

這首詩雖然顯得很消極，但在消極之中賦予可積極的意義，那就是藉由不斷反省的過程，縱使感到不稱意，卻在其中提升了人生的境界。

十七、登泰山而小天下

岱宗夫如何　齊魯青未了　造化鍾神秀　陰陽割昏曉　盪胸生曾雲
決眥入歸鳥　會當凌絕頂　一覽眾山小　（『三百首』杜甫・望岳）

這首詩表現青年的野心蓬勃之氣。杜甫在二、三十歲時就足跡遍天下了，這首詩是他眺望岱宗（泰山）時所作的。

「泰山何其雄偉，橫跨齊、魯兩國，一望無際。天地的神秀之氣，都聚集在泰山，山前和山後的景觀截然不同。層層的雲朵動盪，令人胸襟為之浩蕩，歸鳥都入了眼簾，更顯得眼界空闊，相信總有一天我也可以『登泰山而小天下』」！

絕頂聰明的人，不會在面臨危險時，抱著僥倖的心理，而是依靠自己的努力去改善處境；具有中等智慧的人，能夠因勢利導，把危險變為成功的機會；最愚蠢的人，則是苟安於危險環境而自取滅亡。

據說這首詩是杜甫在科舉落榜後，為了減輕挫折感，恢復自信心而作的，人在遭遇挫折，仍能充滿豪情壯志，實在難能可貴。這是值得我們效法的。

十八、人盡其才

夫物有所用　用之各有宜　用之若失所　一闕復一虧　圓鑿而方枘
悲哉空爾爲　驊騮將捕鼠　不及跛貓兒
（寒山）

這首詩是說，要把工作做好，要能物盡其用，用之不當必將事倍功半，甚至錯誤百出，例如，圓鑿當作方柄來用，必不能發揮它的功能，要一隻名駒去抓老鼠，倒不如用一隻跛腳貓來得有效！

這是任人皆知的道理，然而人卻在不知不覺中與此背道而馳，例如：人事管理中，往往是人不能盡其才，使得人才投閒置散，形成浪費。這是組織中人事管理者應積極改善的。

至於在個人方面，如果懷才不遇，當徹底檢討自己，重新出發，首先，須建立良好的人際關係，孔子就曾說過：「恭敬不受辱，寬大得眾，誠信，人信之。」本此原則再出擊，必能一展長才，為組織所重用。

十九、為政者的座右銘

二月賣新絲　五月糶新穀　醫得眼前瘡　剜卻心頭肉　我願君王心
化作光明燭　不照綺羅筵　只照逃亡屋　（聶夷中・詠田家）

從「二月就把夏季的生絲賣出了，五月便賣了新米」就可明顯地看出農民生活的困苦，而為了「醫治眼前的瘡，必須割掉心頭的肉」，更可了解賦稅太重，令農民連喘息的機會都沒有，這段詩比起日本一千年前的文人石川啄木所寫的「百姓困苦到了賣牛的地步，若牛也沒有了，該賣什麼？」顯得更為淒涼。

詩人聶夷中（八三七～八八四？）懇切地希望君主能多體卹窮苦的農民，這首詩曾被五代明君後唐明宗奉為座右銘。

貧富不均是一個很嚴重的社會問題，「朱門酒肉臭，路有凍死骨」，這個驚心的對比，為政者豈可坐視？

當官的是老百姓的楷模，自身端正了，不須命令百姓也會照辦。

二十、關心民生疾苦

君之堂兮千里遠　君之門兮九重閟　君耳唯聞堂上言　君眼不見門前事

（白居易・采詩官）

這首詩是「新樂府」的總結論「采詩之官」中的一節。中國自周朝以來，就設有採集民間詩歌的官，采詩官負責將民情反映給為政者，提醒為政者引以為誡。而白居易的很多詩中，都傳達了這個理性，關心民生疾苦，可以說是民意的代言者。但是，如果不論百姓的呻吟聲如何可憐，君王都視若無睹，也是無可奈何的。為什麼呢？

因為君主的皇宮距離民間千里遠，皇宮的城門又如銅牆鐵壁般，門禁森嚴，君主聽到的盡是美言，他的眼光是無法觸及百姓內心深處的。

詩人希望透過詩來提醒君主不要被讒言蒙蔽，可謂用心良苦。

君主明智而有見識，臣屬就能直言敢諫。愛護老百姓沒有特殊的辦法，最好的理論不如為官清明廉正。

二十一、無辜的百姓

君不見青海頭　古來白骨無人收　新鬼煩冤舊鬼哭　天陰雨濕聲啾啾

（『三百首』杜甫・兵車行）

這首詩是對於戰爭的嚴厲批判，也是反戰詩中最為出色的。

玄宗皇帝非常自傲於唐朝國威之盛大，將軍們也為了爭取戰功，頻頻盲目地向外征討，在本詩完成的前一年（七五一年），僅一年之間就有鮮于仲通遠征南詔；高仙芝遠征大食，安祿山攻打契丹等戰事，分別喪失了數萬大軍。

無辜百姓壯烈犧牲，屍體堆積如山，然而散亂堆積在青海邊的白骨，從古到今沒有人為他們收葬，他們怨恨的哭聲，卻無法喚醒君王的野心。於是，就在年年戰爭，兵困民疲的情況下引起了安祿山之亂，從此唐朝聲威每況愈下，終於走上滅亡的道路，實在可悲啊！

確立國君的目的是為了整個國家，而不是建立國家來滿足國君個人的私慾。致力於人民大眾所希望的事業，一定會獲得成功。

二十二、天命與人事

窮通不由己　歡戚不由天　命即無奈何　心可使泰然　且務由己者

省躬諒非難　勿問由天者　天高難與言

（白居易・詠懷）

這首詩是白居易被流放到九江時，所寫的「詠懷」詩中的末尾部分。

詩意是說：窮困與顯達都不是自己的意志所可以決定的，完全是天命；但是，悲喜的情緒變化卻是自己可以控制的。天命無法改變，但是，心境的泰然與否，則完全操之在我。不怨天尤人，多省察自己才是最重要的。

有才能的人往往有懷才不遇之感，能夠分辨天命、人事的人，對於這種境遇能泰然處之，甚至扭轉情勢，充分發揮潛能。反之，終日怨天尤人，終致埋沒了自己而不自知。明智的人，好好衡量其間的得失利害吧！

在捕捉現實世界的過程中，經常會遭遇許多很辛苦或很痛苦的情形。既然無法逃脫痛苦或辛苦，只好勇敢地面對這些問題。

二十三、懷才不遇

南登碣石館　遙望黃金台　丘陵盡喬木　昭王安在哉　霸圖悵已矣
驅馬復歸來

（『唐詩選』陳子昂・薊丘覽古）

陳子昂在朝廷不被則天武后所容，西元六九七年時，受命擔任建安郡王武攸宜的參謀，參與討伐契丹，但因與主張戰爭之王對立，終於被貶為屬官。當時，他到薊丘（北京西北）覽古，心中湧起思古之幽情，並感嘆自己懷才不遇而寫下了這首詩。薊丘是戰國時代燕國的故都，也就是以「以隗為始」故事聞名的名君——燕昭王，建築黃金台，廣招天下賢才的地方。

「登上薊丘之南的碣石宮，遙望黃金台，看到一片茂盛的喬木，昭王如今還在嗎？霸業不成，徒悵然而已矣！」意思是說，縱使自己有遠大的理想抱負，卻不被重用，不如辭官還鄉算了。

國君以知人為明智，臣子以盡責為優異。國君的責任是知人用人，臣子的責任是盡心任職，國君代替臣子的事，大事就變得糊塗了。

二十四、太平盛世的另一面

御史府中烏夜啼　廷尉門前雀欲棲（『唐詩選』盧照鄰・長安古意）

這首詩是說：御史大夫官府門前的大樹上有烏鴉啼叫著，廷尉的門前，麻雀正棲息其間，表面上看起來，一片祥和，平安無事的樣子。

然而，一旦夜幕低垂，手拿彈弓四處遊蕩的貴公子。和以大筆金錢聘請來的殺手等，三三兩兩出入花街柳巷，綠色的酒和閃爍的玻璃杯交相輝映；還有頻頻為他們歌舞並且輕解羅衫……。

唐國都長安的人口約有兩百萬人。在當時，堪稱是全世界最繁榮的都市，顯示出唐朝的富裕。

作者以詩諷刺其頹廢的都市文化，事實上，這樣的諷刺也適用於一千多年以後的今天，紙醉金迷之外，我們的文化該注入些什麼？國人當深思哪！

有錢有勢就任性恣縱，就會給自己留下禍患。保持心境平靜，可以修養身體；生活節儉度日，可以修養性情。

二十五、告老還鄉

洞門高閣靄余暉　桃李陰陰柳絮飛　禁裏疏鐘官舍晚　省中啼鳥吏人稀

晨搖玉佩趨金殿　夕奉天書拜鎖闈　強欲從君無那老　將因臥病解朝衣

（『唐詩選・三百首』王維・酬郭給事）

這一首是唱和的詩，「酬」就是「和」，稱許郭給事的盡職，並感慨自己老病不能相從，即將離職。這種詩又叫做「榮遇詩」，要寫得莊嚴華貴，作者是此中翹楚，寫來綺麗精工。

王維在安史之亂被賊軍所捕，但他不願仕官於偽政府，因而在亂平後被問罪並貶官，雖然不久又恢復舊職，然而心靈的創傷已無法彌補，遂有隱退之意。

他一生的代表作，是自然詩，蘇軾曾評他的詩是「詩中有畫，畫中有詩」。

克服無止境的貪慾，就會避免羞辱；走路知道適當的休息，就不會精疲力盡。沒有任何災禍比貪得無厭帶來的災禍更大。

二十六、何以自處？

去國魂已遠　懷人淚空垂　孤生易爲感　失路少所宜　索莫竟何事
徘徊祇自知　誰爲後來者　當與比心期（『唐詩選』柳宗元‧南澗中題）

柳宗元（七七三～八一九年）為唐宋八大家之一，他與劉禹錫等參與激進的政治改革運動，後來被貶到南方蠻荒之地，過著顛沛流離的生活長達十四年。

這首詩是他被貶為永州（湖南省）司馬時所作的，是南澗中題十六句中的後半部。充滿了感傷的情緒。

柳宗元最有名的一篇文章——「捕蛇者之說」，首次提到了「永州」，在蠻荒之地生活，除了以山水自遣，就是以隱喻法提出一些政治哲學理論。

韓愈就曾惋惜他懷才而不遇，並在他的墓碑上刻著「如果不是懷才不遇，他一定能成就一番功業。」

如果沒有做什麼有愧於人的事，那麼，我們對於上天也沒有什麼可怕的。一般人都看重利益，而品行廉潔高尚的人，卻看重自己的名聲。

二十七、直諫匡救時政

一封朝奏九重天　夕貶潮州路八千　欲爲聖明除弊事　肯將衰朽惜殘年

雲橫秦嶺家何在　雪擁藍關馬不前　知汝遠來應有意　好收吾骨瘴江邊

（韓愈・左遷至藍關示姪孫湘）

韓愈因為向憲宗諫言不要再迎佛骨進宮，而觸犯了皇上，被判處死刑，後來倖免於死，但被流放到潮州（廣東省）。

秦嶺聳立在長安之南，又稱「終南連峰」，藍關則位於秦嶺之南。這首詩是他對姪孫湘（隨後也被流放至此）道盡心中的無奈。

韓愈痛斥佛道是基於衛道及匡救時政這兩點，他一向以儒家道統自居，佛老不是他所稱的道。

再者，佛教徒在唐朝和統治階級一樣，可以不必負擔國家的直接稅，影響國家財政和社會經濟至鉅，因此，他下定決心，慷慨激昂勸諫君上，但不為所容。這首詩就是他被貶後寫下的心中感觸。

二十八、樂天知命

得即高歌失即休　多愁多恨亦悠悠　今朝有酒今朝醉　明日愁來明日愁

（羅隱・自遣）

羅隱（八三三～九〇九年）屢試不中，故將本名羅橫改為羅隱。唐亡後，梁朝朱溫欲封他為高官，但是他卻不肯接受。

詩文中「今朝有酒今朝醉，明日愁來明日愁」的樂天精神，在亂世來說，可算是智慧型的處世哲學。然而，這種及時行樂的心理，卻也是身處亂世的人的悲哀之處。

詩題「自遣」，也就是自我安慰的意思。從他不肯仕梁一事，可以看出他是個懷有高尚情操的知識份子，處亂世而不改其操守，抱持著掌握現在的人生態度以自處，明天的憂愁留待明天再說吧！

寧可作人間那種閒暇無事吟詩作賦的人，也不願意白拿國家俸祿。懂得滿足就快樂，貪心太重必定憂愁。

二十九、喪家之犬

避賢初罷相　樂聖且銜杯　爲問門前客　今朝幾箇來
（『唐詩選』李適之・罷相作）

李適之（?～七四七年）是唐玄宗的宰相，個性豪爽、非常好客，據說他經常宴客通宵達旦，但是，從來不耽誤第二天的公務。當他被奸臣李林甫所陷害，被流放邊疆時，他自願撤除宰相職，轉任天子的隨侍。

這首詩就是他設宴邀請親朋慶祝時所作的。

詩意是：為了不妨礙他人的升遷，所以我辭去了宰相官職，僅以這杯酒敬我君主，但是，我想請問一下，我的那些常客，今天有幾人到席？

李適之以為卸職是明哲保身的唯一辦法，但是，他把李林甫估計錯誤了，因為詩中任何諷刺的字眼都難逃奸人的眼睛，終於又被陷害流放至宜春（江西省），嗣後並被迫走上自殺的絕路。這真是喪家之犬的悲哀啊！

三十、不要虛度光陰

琪樹西風枕簟秋　楚雲湘水憶同遊　高歌一曲掩明鏡　昨日少年今白頭
（『唐詩選』許渾・秋思）

許渾（生卒年不詳）是晚唐的七言絕句詩人，是個具有高風亮節的文人雅士。第二句中的「楚雲」、「湘水」是指傳說中的巫山及湘水的女神，暗示作者曾有一段淒迷的愛情故事。

作者在年輕時，非常勤學，經常讀書通宵達旦，以致於身體虛弱。這首詩是當作者日益老邁，回憶起年輕時的意氣風發所流露出的感傷情懷。然而如果將昔日的輝煌，換一個角度來看，卻另有一番景致，至少比那些終日抑鬱寡歡的老人的人生來得有意義。

善於保養身體的人，要讓身體能休息又能勞動。一切行動，要讓四肢對於寒暑的變化習以為常，然後就能夠做到強健有力，經歷危險而不傷損。

三十一、憂患人生

欲渡黃河冰塞川　將登太行雪滿山（『三百首』李白・行路難・其一）

人生不如意十之八、九，李白的「行路難」就是說明了人生過程中危險、障礙很多，必須戰戰兢兢，才可能成功。

李白在四十三歲那年秋天，被朝廷徵召為玄宗皇帝的侍從，原以為從此可以一展長才，然而，出乎他意料之外的，玄宗並沒有重用他的詩才，加上他厭倦俗不可耐的宮廷生活，因此，為官不到一年，他就辭職了。據說，他因而被判流放之罪。

這首詩就是他在失意的情況下所寫的，他感嘆自己難道不能像文王重用呂尚，伊尹仕湯，君臣相得益彰嗎？人生的道路險峻多難，此後究竟何去何從？

人間道路上的風波艱險，正是我們培養、鍛鍊品德的好環境。對於有決心的人來說，世界上沒有困難的事情。

在脆弱地想要吐露心聲的同時，別忘了要去瞭解自己的人生。畢竟，正如釋尊所言「自處自燈明」，最後能夠支撐你的，還是只有你自己。

三十二、精衛填海

高山未盡海未平　願我身死子還生

（王建・精衛詞）

相傳上古時代炎帝的女兒渡東海溺死，化為一種鳥，名為「精衛」，一名「冤禽」，常銜西方崑崙山的木石，以填東海。

這首詩是王建精衛詞的末二句，是說貧苦的百姓，遭受不合理的待遇，內心充滿不平的情緒，藉著精衛鳥的典故，發抒心中無法根絕的痛苦，以及絕不屈服的決心。

精衛常銜崑崙山的木、石，嘴兒早已血肉模糊，仍不眠不休、貫徹職志，然而山高海深，何日才能填滿東海呢？精衛說：「即使我死了，我還有子子孫孫啊！他們會繼承我的遺志的！」親愛的讀者：你是否覺得這故事淒美而感人呢?!

世間困難的事，必先從容易的事做起；世間的大事，必先從細小的事做起。任何事情失敗的原因，都是懶惰和自私。

三十三、福禍是一體的兩面

（韓愈・落齒）

語訛默固好　嚼廢軟還美

韓愈（七六八～八二四年）是唐宋八大家之一。

他的牙齒不太健康，從三十五歲開始，就逐漸脫落了，這首「落齒」長詩，計有三十六句，寫來十分幽默，「語訛默固好，嚼廢軟還美」是全詩的最後一句。

詩意是說：自從牙齒脫落後，說話就非常困難，因此不如默而不語；咀嚼食物也日益費事，不如吃些軟食反而較美味。

「塞翁失馬，焉知非福」，事實上，禍福原本是一體的兩面，韓愈就是抱著這種豁達的人生觀，面對人生中晦暗的時期。

這原是道家的思想，他們認為宇宙間的事物沒有絕對的，福禍是相依的，不必因福而喜，也不必因禍而悲，真是十分超然的哲學思想。

正面和反面的東西，都應該知道，以便從中吸取教訓。人有一個優點，就有一個缺點，他的缺點就和他的優點緊密聯繫在一起。

三十四、超越敵友之間的對立

葡萄美酒夜光杯　欲飲琵琶馬上催　醉臥沙場君莫笑　古來征戰幾人回

（『唐詩選・三百首』王翰・涼州詞）

王翰的涼州詞被譽為千古絕唱的七言絕句，句句都是名言佳句，是形容遠征的士兵抱著必死的決心準備出征，透露出無限的無奈與淒涼。

與這首有關的是中日戰爭時發生的一段小插曲：在中國大陸一列行進中的火車上，日本軍團的部分士兵在車廂內喝醉酒後放聲高歌，車內的中國人則皺著眉頭，露出一副十分厭惡的表情，突然間，有位士兵將這首詩寫在紙上遞給中國人，中國人看到以後立即露出會心的一笑。

中國人這種超越敵友對立的美德，實在令我們欽佩。

人生在世，所走的道路必然艱險曲折。如果一碰到困難就唯恐避之不遠，世上還有哪條路可以走得通呢？人生誰能不死呢？貴在能死得其所。

三十五、際遇不同

一官何幸得同時　十載無媒獨見遺　今日其論腰下組
請君看取鬢邊絲
（『唐詩選』包何・寄楊侍御）

作者包何在天寶七年（西元七四八年）科舉及第，然而始終沒有升官，心中一股懷才不遇之感表現在這首詩中，這是一首祝賀同期考取的友人——楊侍御升遷的詩，詩意是說：我和你同時及第為官，至今已十年了，為什麼只有我沒升官，姑且不論我佩帶在腰部的印綬的顏色，但請看看我兩鬢的白髮！

這種和時運亨通的友人之間心境的懸殊，沒有親身體驗過的人，那是無法體會的，不免要為作者掬一把同情之淚。

做人如果只是為了迎合世俗所好，就是沒有人的品格。做人就像建房子，先要打好地基，這樣才能經得起重壓。不要虛用自己的心力，而應該不斷地鍛鍊自己。

如果要徹底改變自己，首先必須捨棄執著於無聊事務的自己，從身邊事務學習「不執著」。

三十六、無心的境界

細草作臥褥　青天爲被蓋　快活枕石頭　天地任變改　（寒山）

又名乞食僧的寒山，所寫的詩宛如偈語，這首詩就是其中之一。寒山隱居在天台翠屏山，此山深邃，終年積雪，因此又稱寒岩，他也因而自號寒山子。這首詩敘述他隱居山林的雅興，日子過得安祥自在，以岩石堆成的屋子，不時有白雲悠閒地飄過，訪客稀少，以柔軟的草當作床褥，青天是被子，以石頭當枕頭，快活愜意，任憑天地千變萬化。

這種豁達的胸襟，如非附庸風雅，真可說是已到了「無心」的境界。在這個瞬息萬變的工商社會，吾人也當秉持這種胸襟氣度，才不至被利慾薰心了。

在他人看不見的地方所表現的善行，才是人類真正的價值。虛偽欺詐是不能長久的，空虛的事情不能保守，腐朽的木塊不可雕刻，情感喪失了無法長久相處。人要順著自己的志向，敏於求知就會取得成功。

三十七、發揮正義感

使臣將王命　豈不如賊焉　今彼徵斂者　迫之如火煎　誰能絕人命　以作時世賢

（『三百首』元結・賊退示官吏）

元結（七一九～七七二年）在西元七六三年被派任湖南道州的刺史，當時道州因戰亂，人口減少約十分之一，老百姓幾乎到了付不起租稅的狀況，元結於是寫了這首詩。然而這首詩可說是以自己的官職，甚至是腦袋與朝廷的徵稅命令挑戰的大膽作風。

詩的大意是稅務官仗著君命在身，對百姓橫征暴斂，使得百姓生活更為困苦，元結認為這與盜賊的行徑無異，為了朝廷的稅收，為了自己的前途，不惜葬送百姓的生路，實在太不人道了。

當今社會也有無數的被剝削者，痛苦地受著煎熬，實在有必要對那些壓榨者口誅筆伐一番才是。

三十八、盡忠職守

侍臣緩步歸青鎖　退食從容出每遲

（『唐詩選』杜甫・宣政殿退朝晚出左掖）

杜甫一生官途不順，在安史之亂後一年，曾擔任左拾遺（諫議官），隨侍在肅宗皇帝身旁，盡忠職守，經常早出晚歸，因而有感而發，作了這首詩。這首詩敘述白領階級的悲哀特性，可說是古今皆同，杜甫的詩才足堪與李白相提並論，洋洋灑灑，語不驚人死不休。

作品中常流露出人溺己溺的博愛精神，抨擊時政非常激烈，充滿了正義感，主要是因為他以敏銳的觀察力，關心民情，因此，能寫出讓人感同身受的名言佳句。尤其以律詩最為擅長，格律完整，辭藻優美豐富，可說已達爐火純青的境界。

平安時不放鬆警惕，事情發生時不要慌亂。要珍惜自己的精神，留待將來擔當大業；讓時間白白過去，這樣的一生，便玷污了大地乾坤。

三十九、延年益壽的仙丹

青雀西飛竟未迴　君王長在集靈台　侍臣最有相如渴　不賜金莖露一杯

（『唐詩選』李商隱・漢宮詞）

據說漢武帝對神仙之術非常有興趣，他在宮中豎立了一根高高的銅柱，銅柱上面放了一個接露盤，希望將天上的露聚集起來，因為漢武帝相信喝這種露可以長生不老。

而唐朝自玄宗以下的各個皇帝都十分喜歡這種神仙之術，然而，憲宗、穆宗和武宗等皇帝卻曾因服仙丹而「減壽」；這種說法非常具有諷刺意味。

據說青雀是西王母的差使，後來向西飛去就沒有回來了，漢武帝經常登上高台等待青雀歸來。還有，武帝身旁有一個隨侍人員和司馬相如一樣罹患糖尿病，痛苦異常，希望武帝能賜一杯露治病，卻被武帝斷然拒絕，可見武帝的瘋狂與迷信。作者除了諷刺武帝以外，也暗示自己懷才不遇，不受重視的不滿情緒。

四十、遊子之嘆

少小離家老大回　鄉音無改鬢毛催　兒童相見不相識　笑問客從何處來

（『三百首』賀知章・回鄉偶書）

遊子回鄉，發現舊友都已亡故了，相識的人也已寥寥無幾，這種落寞的感覺在這首七言絕句中表露無遺。

賀知章（六五九～七四四年）在三十七歲時科舉及第，離開家鄉（浙江省）到城都，到了八十歲才首次回鄉。

卻發現景物依舊，鄉音不變，然而人事全非了，自己都已兩鬢斑白了，昔日的老友，如今安在？只有天真無邪的小孩子把我當成客人，笑嘻嘻地問道：「客人您來自何方？」

離鄉背井的遊子，最渴望的就是有機會能榮歸故里，與親友話舊，賀知章這種久客傷老之情可說是刻劃遊子的沈痛心聲的代表作。

四十一、色衰愛弛

花枝出建章　鳳管發昭陽　借問承恩者　雙蛾幾許長

（『唐詩選』皇甫冉・婕妤怨）

這首詩是說原本受寵於漢成帝的班婕妤，後來被趙飛燕姐妹排擠而失寵，是屬於宮怨之詩。

詩意是：盛開的花枝出自天子的宮殿——建章宮，而鳳管（笙）的聲音則來自趙飛燕所住的昭陽殿，請問目前的受寵者雙眉究竟有多長。

漢朝的審美標準是身材纖瘦，蛾眉很長，而宮女為了爭寵，往往不擇手段以達目的。作者就是針對此點，為班婕妤發抒心中哀怨之情。歷代失寵的宮女，一旦被打入冷宮，往往就此抑鬱而終，所謂的「色衰愛弛」正是宮女的悲哀之處。

自古以來，不如意的事情實在太多了，難道只有個人的離別和團聚才使人悲哀和歡樂嗎？人，不要墨守成規，要像鵬鳥高飛那樣奮發有為。

四十二、繁華夢醒

落魄江湖載酒行　楚腰纖細掌中輕　十年一覺揚州夢　贏得青樓薄倖名

（『三百首』杜牧・遣懷）

這是杜牧（八〇三～八五三年）繁華夢醒後悔恨年輕時放浪形骸的詩。表現出遊興之後索然、落寞的情緒。

杜牧是晚唐的代表詩人，是研究「孫子」的有名的兵學家。出身於名門，但身處當時閉塞的環境，始終沒有發揮長才的機會，終於抑鬱而終。

揚州是江南第一大繁華的商業都市，杜牧在這個水鄉之地過著失意的生活，耽溺於酒色之中。一旦夢醒，徒留「性好酒色」的惡名，實在得不償失！對他自己而言，也有著無限的悔恨。

深深躲藏起來，想避開憂愁，但愁已知道人躲藏的地方。每個人來到世上都有用處，造物者並不是沒有目的的。人應當有自信力，不能妄自菲薄。

四十三、老之將至

宿昔青雲志　蹉跎白髮年　誰知明鏡裏　形影自相憐

（『唐詩選』張九齡・照鏡見白髮）

張九齡（六七三～七四〇年）是奠定唐朝「開元之治」的名宰相之一。唐玄宗時，官至尚書右丞相，但因個性剛直，直言無諱，不怕得罪人，而受到奸臣李林甫的排擠與陷害，被貶為荊州長史，流放後，他並不憎恨，只是默默地過著平靜的日子。

這首詩是發抒自己曾滿懷青雲之志，然而卻蹉跎了時間，只得顧影自憐，並對變幻莫測的人生感到無奈之感。

人生短暫，最令人無法釋懷的就是：徒有青雲志，卻沒有付諸實現，而歲月又不斷地催人老，只有空悲切了。

松柏不須羨慕桃花和李子的艷麗，當冬天觀察枝頭，桃李花早已凋落，而松柏依然蒼翠葳蕤。人，能經受艱苦考驗才是難能可貴的。

四十四、勵精圖治

誦詩聞國政　講易見天心（『唐詩選』張說・恩勅麗正殿書院賜宴）

這首詩是讚美唐玄宗勵精圖治的詩。麗正殿是天子修習學問的地方，玄宗皇帝曾在此招募天下學者，並賜宴給他們，作者張說是當時的宰相，故作了這首詩。

『詩經』是取材自各地風土民情作成的，而『易經』則是可顯示自然法則的資料。古人以為天災的發生，是上天對為政者綱紀廢弛的懲罰。就像現代人，由市場調查來得知景氣與否一樣，歷代賢君誦讀『詩經』以了解民心，講『易經』以觀察天文。

除此之外，玄宗頗能察納雅言，對於臣下的諫言大都能欣然接受，因而成為唐代治世之一，受到不少詩人歌功頌德。

多去接近賢人，聽聽他們的言論，心裡就會透亮；如果接近愚人，盡聽他們的言論，心裡就變糊塗。作官要安於其位，實現自己的意志，退休就要安心鍛鍊自己未具備的品質，那麼，就會進退都有作為。

四十五、為人作嫁

蓬門未識綺羅香　擬託良媒亦自傷　誰愛風流高格調　共憐時世儉梳粧
敢將十指誇針巧　不把雙眉鬥畫長　苦恨年年壓金線　爲他人作嫁衣裳
（『三百首』秦韜玉・貧女）

秦韜玉是晚唐的代表詩人之一，這首「貧女」是以貧家女子的樸實。不同流俗來暗諷世俗的浮華、輕佻。

在今日這種競爭激烈的社會中，人人終日汲汲營營，追求名利，多少人在名利的趨使下，早已喪失了良知，忽略了充實精神領域，提升境界。唯只有少數恆才不遇，曲高和寡的人，不隨波逐流，安於現況，不和他人較短長，令人不禁要問，到底是他們不合時宜，還是世風日下，人心不古了？

人應為自己奮發有為，依賴別人是不行的。要做到這一點，必須除去私慾，莫讓邪惡的心情毀壞了自己的精神。貪圖名利的慾望迷住心竅，就會屈從於人。

四十六、及時行樂

人生不滿百　常懷千載憂　自身病始可　又爲子孫愁　下視禾根土
上看桑樹頭　秤槌落東海　到底始知休　（寒山）

這首詩和『古詩十九首』的其中之一首一樣，都是強調人生苦短，應當及時行樂。其內容是：

「人生不滿百，常懷千歲憂，
苦晝短夜長，何不秉燭遊。
……。」

儘管人生在世苦多樂少，何不抱著達觀的態度，面對橫逆而不退縮，拋卻煩憂秉燭遊，我們將發現苦不過是自擾而來的，事實上，人生最高的處世智慧就是吃得苦中苦。苦中作樂，別有一番滋味在心頭哩！

即使考試失利或工作上遭遇挫折，只要努力去做，就不會後悔。吹來的涼風，一樣會令你覺得心曠神怡。

四十七、他鄉作故鄉

世路雖多梗　吾生亦有涯　此身醒復醉　乘興即爲家

（『唐詩選』杜甫・春歸）

杜甫的一生，可說是嘗盡了人生的疾苦，曾定居成都，但因戰亂，不得不顛沛流離到了四川北部，經過一年九個月後，輾轉又回到了成都草堂。

回來後，發現竹林、小徑、茅屋等依舊如故，便拿著酒坐在河岸旁邊，邊喝著酒邊看著水波以及迎風飛舞的燕子。然後醞釀出這首詩。

詩意是：人生旅途布滿荊棘，然而畢竟只是短暫的一生，不如享受「壺中日月長」的雅興，醒了又醉，醉了又醒，把他鄉作故鄉。

下棋的人雖然技藝高明，但容易被求勝之心弄糊塗了；旁觀者雖然愚笨，但由於事不關己，倒容易出以公心而看得明白。一個人，不怕別人不了解自己，怕的是沒有自知之明。

四十八、為天下蒼生謀福

聯步趨丹陛　分曹限紫微　曉隨天仗入　暮惹御香歸　白髮悲花落
青雲羨鳥飛　聖朝無闕事　自覺諫書稀
（『唐詩選・三百首』岑參・寄左省杜拾遺）

岑參（七一五～七七〇年）曾在塞外渡過了很長一段的軍旅生活，後來奉命進宮中擔任右補闕一職，掌管諷諫之事。當時正值安史之亂以後危機仍然持續時期，然而朝廷卻拿不定主意。岑參於是寫了這首詩給當時擔任左拾遺，也屬諫議之官的杜甫，詩的大意內容是諷刺那些袖手旁觀，苟且偷生、尸位素餐的官僚們。

詩的前半主要是歌詠杜甫在朝為官的情形，後半則自傷年齡老大，並規諫杜甫聖朝有闕，就應義不容辭諫議一番，共同為天下蒼生謀福。

做事多聽聽別人是怎麼說的，然後選擇好的意見去照著做；多看看別人是怎麼做的，把好的壞的記在心裡。不實的東西再多也沒有什麼意義，而實際的東西哪怕只有很少一點，也是有價值的。

四十九、壯志未酬

此地別燕丹　壯士髮衝冠　昔時人已沒　今日水猶寒

（『唐詩選』駱賓王・易水送別）

駱賓王（六八四年死？），為初唐四大詩人之一，當他任職徐敬業的幕僚時，舉兵想要推翻則天皇帝的政權，然而，不幸失敗後就行蹤不明了。

這首詩是說：戰國時代荊軻欲往刺秦始皇的途中，經過易水，在河邊慷慨激昂地唱道：「風蕭蕭兮易水寒，壯士一去兮不復返」，壯士鬥志高昂，怒髮衝冠，然而，如今人已壯烈犧牲，只有易水依舊嚴寒，潺潺地流著。

這首詩超越了時代，強烈地表現出共同的使命感以及壯志未酬身先死的遺憾，深深地打動了讀者的心靈。

凡是計劃一件事，一定要預見到肯定能成功，然後才去實行。千萬不要被花花綠綠的東西迷住你的眼界，要努力去追求真理來安定你的心。不要認為只落下一片秋葉，不會引起萬木凋零，人應當見微知著，防微杜漸。

五十、遲暮之嘆

向晚意不適　驅車登古原　夕陽無限好　只是近黃昏

（『三百首』李商隱．登樂遊原）

李商隱（八一二?～八五八年）在仕宦途中，被捲入新舊官僚派閥抗爭之中，也就是「牛李黨爭」的漩渦中，此後官途一直不順遂抑鬱而終。

這首詩是歌頌落日景致中的絕唱，或許是善變的關係吧！中國北方的夕陽大而紅，而且其下山的速度給人的感覺又特別快，作者有感於大自然的莊嚴、奧妙，因而抒發心中的感慨。

商隱的詩有一種藝術美，但是又充滿了遲暮之感，這首詩就是其中之一例。

如果不用心思，那麼黑白顏色明明擺在面前，眼睛也看不見；雷聲鼓聲在旁邊響著，耳朵也聽不見；即使吃著食物，也不知道是什麼滋味。

每個人都會遭遇悲苦，問題在於受創的心靈要如何處理創傷。『般若心經』告訴我們，要捨去心的「芥蒂」，對於悲傷、痛苦的事情，都應該坦然接受，心中毫無芥蒂。

《小知識一》

起承轉合

主要適用於絕句的展開句法，第一句為起，承接首句的意思為承，第三句則語氣或意義為之一轉，結尾再將前三句完全結合起來。絕句最重要的就是合，除了綜合前三句外，也可別出新意，才有餘音繞樑之妙，令人玩味不已。

綜合來說，起句貴在高遠，承句則須穩健，轉句若是奇警，那麼，結尾將富有餘韻。例如：王之渙的登鸛鵲樓：

起——白日依山盡；
承——黃河入海流，
轉——欲窮千里目，
合——更上一層樓。

五十一、世態炎涼

世人結交須黃金　黃金不多交不深　縱令然諾暫相許　終是悠悠行路心

（『唐詩選』張謂・題長安主人壁）

本詩是慨嘆世人以金錢為朋友相交的前提，若沒有金錢擔保，絕不輕易答應他人的要求，毫無人情味的炎涼世態。

功利主義的當代社會這種情況更為嚴重，人與人之間的關係日益淡薄，大家為了功名利祿汲汲營營，鎮日緊繃著臉，不知「人情味」為何物唯利是圖，見利忘義的悖德行為屢見不鮮，所謂的「貧在鬧市無人問，富在深山有遠親」就是這種功利掛帥的現象的最好寫照。

當千樹萬樹紛紛落葉之時，只有芙蓉花吐艷放香，更顯得奇特可愛。經得起厄境考驗的人，是最美好的。堅持力行的就是有志，不迷失根據的就能長久。

五十二、高處不勝寒

輦路生春草　上林花滿枝　憑高何限意　無復侍臣知

（『唐詩選』文宗皇帝・題宮中）

雖然地位高高在上，但是，卻沒有一個可以開懷暢談的部下，這是多麼悲哀的事。

唐文宗是唐代第十四代皇帝，在位期間從八二六～八四〇年。他原想利用宰相宋申錫以掃蕩宦官的勢力，不幸聽信佞臣鄭注的讒言，罷免了宋申錫，而鄭注與同黨李訓陰謀誅殺所有與宰相有關的人，因此釀成慘事，從此國政被宦官把持，皇帝成了傀儡。只得在獨處時黯然神傷了。

宮廷內滿園春色，然而站在高處獨自思量的皇帝，卻沒有一個親近的臣子可以談話，這種落寞的感覺，直到唐文宗死前仍然侵蝕著他的心，這真是領導者的悲哀啊！

做事能留有餘地，就很少會失敗。該做的時候去做，便會成功。

五十三、不要暴殄天物

鋤禾日當午　汗滴禾下土　誰知盤中飧　粒粒皆辛苦

（李紳・憫農）

李紳（七七二～八四六年）是白居易的至交。這首五言絕句——「憫農」，是描寫那些在烈日下辛勤耕耘的農夫，因此，當我們享用顆顆白米飯時，應體恤農夫的辛苦，不要暴殄天物了。

古詩中，很多首都是以農人的辛勞為體裁，藉以諷刺當政者之苛暴。例如：有些詩的內容描寫農民即使在豐年仍難逃一死，令人讀之不禁鼻酸；或是稅賦太重等等。因此，當我們吟誦詩集時，只要仔細歸納，就可分辨出各個朝代的為政者的良莠與否了。

當今社會民生日益富裕，人們生活水準提高，不覺中養成了浪費的惡習，讀了此詩，當有所戒懼才好。

五十四、死而無憾

孰知不向邊庭苦　縱死猶聞俠骨香　（『唐詩選』王維・少年行）

作者王維（七〇一～七六一年）的前半生正處於唐朝最興盛的時期，年少時意氣風發，曾從軍到邊疆，並將年少立功的經過寫成「少年行」絕句四首。這是一首謳歌盛唐氣象的代表作，表現了雖然凱旋回國後並沒有受到任何恩寵，卻絲毫不以從軍為苦的達觀態度。

為了天下國家，壯士不惜犧牲性命的偉大情操實在令人感佩。

小事集中起來就會變成大事業，每一細微言行都能保持謹慎的人，就能著名於世，積累好的東西在身上，就像人一天天長高而自己並不覺得似的。

今天，我們處在這個開放的社會中，每個人應摒棄狹隘的閉關自守觀念，敞開心胸，貢獻自己的力量，為國家甚至全世界人類謀福。當是這首詩給我們的最好啟示。

五十五、人民是國家的根本

國以人爲本　猶如樹因地　地厚樹扶疏　地薄樹顛頹　不得露其根
枝枯子先墜　決陂以取魚　是求一期利　（寒山）

人民是國家的根本，為政者如不重視國計民生，將遭致亡國之命運，就像大樹的根必須深入紮實於土地之中，才能蒼鬱繁茂，否則樹齡難以長久。如果根部露出地表，樹枝就會枯萎，果實也易於脫落。而決斷了坡堤來抓魚，雖然可暫時增加魚獲量，但是，像這樣短視近利，總有一天會導致血本無歸的。

孔孟的「民本思想」是自古以來最偉大的政治思想，但是，人類戰爭帶來的浩劫，始終未曾間斷過，難道是人類好戰嗎？還是不能貫徹民本思想？相信答案是後者是毫無疑問的。

一般人都不去努力預防禍患，而是等到禍患發生之後，才去努力消除它。利益會使一個人的聰明變得昏憒，利益只有秋天的毫毛那樣微小，而害處卻足以滅亡國家。

五十六、安於天命

通當為大鵬　舉翅摩蒼穹　窮則為鷦鷯　一枝足自容

（白居易‧我身）

白居易在江州（江西省）渡過了四年流放生涯，再次被授官為忠州刺史，於是他經過了三個月的舟船之旅，終於越過三峽來到四川省的偏僻之地就任。

江州在當時是荒涼的山區，居住的都是言語無法溝通的蠻族，此時白居易的處境宛如流放，但是他安於天命，不為外界的誘惑所趨使。這首詩就是他在這個時期所寫的，當時是四十七歲。

內容是說，人在通達時，應像大鵬鳥般展翅飛翔，運勢乖違時，當如鷦鷯，即使是一根樹枝就足以棲息了，而不怨天尤人。

一個人的才能並不在於大小，而貴在能夠精通。看見賢人，便要向他學習；看見不賢的人，應該自我反省，看看是否有和他同樣的毛病。

五十七、交友之道

翻手作雲覆手雨　紛紛輕薄何須數　君不見管鮑貧時交　此道今人棄如土

（『唐詩選』杜甫・貧交行）

這首詩絕妙的諷刺人情之淡薄，如翻雲覆雨般瞬息萬變，唯有患難之交情誼才能長久。

朋友之間的了解，可貴的是相互了解對方的心。有些人慨嘆交友不易，不是嘗盡朋友之無情，就是自己性情太孤僻，因人而異。

作者曾經在長安過著貧窮的日子，幸好友人同情他而勉強得到一官半職，他不免感觸良深，推崇管鮑之交。除此之外，強調友情可貴之詩甚多，其中以古詩十九首最具說服力，大意如下：

「採葵莫傷根，傷根不生葵。交友不嫌貧，嫌貧不能交。甜瓜帶苦蒂，美棗生荊棘。利之傍倚刀，貧著淪為賊。」是說朋友因勢利而交往，是非常危險的，終究會因勢利而使得交情破裂。

五十八、國家興盛在於君主的德政

（『唐詩選』玄宗皇帝・幸蜀西至劍門）

乘時方在德

這首詩的意思是說統治天下在於君主的德政，而非要塞或關口。

當安祿山的軍隊進逼長安時，唐玄宗採納了宰相楊國忠的計策，逃到四川去，玄宗以為楊國忠兼任四川的軍政長官，那兒必定是最安全的地方。殊不知逃亡途中人數持續增加，而楊氏一門護衛因反叛而被殺的不計其數，最後隨行的朝臣寥寥無幾，好不容易才越過劍門關。

蜀自古以來為天險之地，但是，在此稱帝的公孫述和劉禪等均無法長久持續霸業。晉朝張載曾經將這個故事做成有名的「劍閣之銘」，其中敘述：「國家興盛在於德政，即使是險峻之地也未必可靠。」實在是至理名言。

不從根本著手，而只求細微末節，就好比用投下石頭的辦法去救溺水的人。不依仗地位和權勢耍威風、逞霸道，就不會在以後遭到羞辱。

五十九、天地不仁？

二儀既開闢　人乃居其中　迷汝即吐霧　醒汝即吹風　惜汝即富貴
奪汝即貧窮　碌碌群漢子　萬事由天公
（寒山）

這首詩意思是：人生於天地之間，受到造物主的支配，迷惑、清醒、富貴、貧窮，全受它操縱，意即「天地不仁，以萬物為芻狗。」

詩看似消極，但是，從另一個角度來看，卻也蘊涵了積極的意義。

那就是天地化生萬物，都是順著萬物之本性，任其自然發展，大公無私。至於有迷惑、清醒、富貴、貧窮之差等，完全是因個人「我執」觀念使然，如不受外物影響，心胸坦然，那麼富貴於我則如浮雲一般，絲毫不值得迷戀，本此人生觀立身處世，才是明智的自處之道。

福不會輕易而來，禍也不會輕易而到。福是由做好事換來的，禍是幹壞事召致的。福禍都有其產生的根源，除去它的根源，災禍就無從產生。

六十、不要耽溺宴樂

煙籠寒水月籠沙　夜泊秦淮近酒家　商女不知亡國恨　隔江猶唱後庭花

（『三百首』杜牧・泊秦淮）

這首詩是諷刺國家已面臨危機，當政者卻絲毫不以為意，終日沈溺於歌舞宴樂之中。

詩中以秦淮河的夜景，暗示唐朝的衰敗，作者坐在流經南京的秦淮河上的小舟中，卻聽到對岸酒家傳來的亡國之音——「玉樹後庭花」。

南京是中國歷經三百年的國都，最後定都南京的王朝陳後主作了一首「玉樹後庭花」。陳後主依恃著長江的天險，對於隋朝大軍的來侵疏於防衛，日夜耽溺於享樂，終至滅亡。

在人得意忘形之時，禍患便會產生。災禍依存著幸福，幸福潛伏著災禍。禍患常常發生於疏忽之時，變亂多發生在不值得懷疑的事情上。

這首詩是詩人惋惜唐將亡國的沈痛心聲，讀來令人感動不已。

六十一、不要傷春悲秋

年年歲歲花相似　歲歲年年人不同（『唐詩選』劉廷芝・代悲白頭翁）

這是「代悲白頭翁」七言古詩中的一節，前言是「洛陽城東桃李花，飛來飛去落誰家?洛陽兒女惜顏色，行落花逢長嘆息，今年花落顏色改，明年花開誰復在?」措寫看到落花而傷悲青春易逝的少女情懷。

自古以來，悲嘆人生無常的詩句不可勝數，而此詩能成為絕唱，主要是因為作者把花和人形成對比，是敘景詩中的絕妙好詩。

事實上，人的一生就像花一樣不時地消長輪替，時間無情地流逝，「花無千日紅」，人也無法長生不老，萬物世世代代生生不息。與其慨嘆光陰無情，不如好好把握住現在，才能使生命豐盈無憾。

在現世裡，不管你再怎麼位高權重，終究只是在現世的裝飾工具而已。可笑的是，人卻經常為這些裝飾工具所擺佈。

六十二、一將功名萬骨枯

年年戰骨埋荒外　空見蒲桃入漢家　（『三百首』李頎・古從軍行）

這首詩是詩人諷刺當政者刻意拓展領域，造成大軍無辜犧牲於塞外疆場。

漢武帝很想得到西域的名駒，因此，屢次派遣使者或大軍到塞外之地，例如：以十萬大軍攻打大宛，然而平安歸來的卻只有一、二成。

雖然後來大漢國威擴展到中亞，並且和大宛訂立契約，那就是大宛每年進貢兩頭名駒，此外，葡萄和苜蓿的種子也在此時傳到中國，但是，這些都是犧牲了無數的士兵才換得的。

詩人李頎（六九〇～七五一年？）的詩，均以事實為題材，批評對象甚至包括皇帝在內，這首詩就是批評玄宗擴展領域的慾望，認為這種行徑無異自掘墳墓。

人們追求利益，就像奔赴水與火一樣，前面的人雖然遭到了毀滅，但以後的人又再一次重蹈覆轍。虛假的名利比酒還厲害，醉得人心到死都不知道覺醒。

六十三、色衰愛弛

柳色參差掩畫樓　曉鶯啼送滿宮愁　年年花落無人見　空逐春泉出御溝

（『唐詩選』司馬札・宮怨）

這首詩是說宮女色衰愛弛的悲哀。作者司馬札為大中年間（八四七～八五九年）的詩人。

據說在唐朝極盛時期，宮女的人數超過四萬人，句中「年年花落無人見，空逐春泉出御溝」，意謂宮女在宮中虛度了青春，哀怨之情溢於言表。

詩中藉著花落來寄託宮女的感嘆，寫來真是無奈。「柳色參差，曉鶯啼送」之景，充滿了春的氣息，然而宮女的心情卻與此良辰美景形成強烈的對比。長江後浪推前浪，昔日寵命優渥，而今被打入冷宮，這就是身為宮女的悲哀。

對一件事要做到在開始時就謹慎，並且時刻想到它可能的後果。事前不謹慎，事後才悔恨，雖然有誠心，但已來不及了。

六十四、人情如紙張薄

白首相知猶按劍　朱門先達笑彈冠（『唐詩選』王維・酌酒與裴迪）

王維的這首詩「酌酒與裴迪」，主要是奉勸官運不順的朋友裴迪，並慨嘆人情之淡薄。尤其是充分地諷刺官場中人際間冷漠無情的關係。

他說人情的淡薄，即使是由少到老的老朋友之間，都可能為了個人的利害得失而反目成仇。「彈冠」是說有位身居高位者，幫助渴望當官的朋友，事成之後卻遭到羞辱嘲笑。人情之淡薄，可見一斑。

王維在朝為官時，正好是由口腹蜜劍的奸臣李林甫控制天下，因此，他非常厭惡這種官僚生活。憧憬著遠離俗事，悠然自適的生活，因而寫了這首詩。

交朋友，三種人有益處，三種人有害處。結交正直的、誠實的和博學的，有益處。結交諂媚奉承的、當面說好話背後說壞話的和誇誇其談的，有害處。

六十五、玉不琢不成器

柏生兩石間　萬歲終不大　野馬不識人　難以駕車蓋

（韓愈・招揚之罘）

這首詩是說「玉不琢不成器」，一個具有優越資質的人，如果沒有良好的教育環境與方法，就會埋沒了他的才能，如何能成大器。

揚之罘曾為韓愈的門人之一，後來卻隱居鄉間。因此，韓愈寫了這首「招揚之罘」。

意思是生於岩石之間的柏無法碩壯，無人調教的野馬也無法發揮拉車的能力。唯有將柏樹移植到平地，雖然可能一時之間會傷害到根部而喪失元氣，但是，很快地就能發揮它的潛力長到十丈高。而野馬只要專人調教，配合適當的馬鞍，也能成為一匹良駒。意即千里馬遇到伯樂才能兩相烘托，相得益彰。

在千種磨練，萬種打擊面前仍然堅強有力，還怕什麼東西南北呢？一個人只要有決心，有志氣，就一定會成功。

六十六、白髮三千丈

白髮三千丈　緣愁似箇長　不知明鏡裏　何處得秋霜

（『唐詩選』李白・秋浦歌）

我們常在不覺中運用這句名言——「白髮三千丈」來表示自己年華老去或是煩惱太多，可說是非常誇張的用法。

事實上，這個句子已被採用了一千兩百年之久。

詩仙李白的作品，常有驚人之語，卻表達得極為貼切，無與倫比。這首詩除了慨嘆自己行將老去，也充滿了懷才不遇的悲憤。

「不知明鏡裏，何處得秋霜」一句，俏皮中帶著辛酸。事實上，李白的作品中很多都是充滿了豪邁瀟灑的氣勢，如長江之一瀉千里，洋洋灑灑，令人嘆為觀止。以白髮來強調心中之憂愁，比伍子胥過昭關，一夜之間急白了頭髮，更令人拍案叫絕！親愛的讀者，你是否也有同感？

多才多藝的人，很少有能精通業務的；對事情考慮太多的人，就缺少決斷。

六十七、惜取少年時

勸君莫惜金縷衣　勸君須惜少年時　花開堪折直須折　莫待無花空折枝

（『三百首』杜秋娘・金縷衣）

這首詩是奉勸人們當及時行樂，而從積極的層面來說，則是勸人少壯當努力，免得老大徒傷悲。

詩人認為青春一去不復返，應當好好珍惜，至於金縷衣乃身外之物，不值得太執著，就像好花在枝頭，不及時攀折它，終將枯萎，等到花謝枯枝時才想要折取，就已來不及了。

杜秋娘是歌妓出身，十五歲時做了節度使李錡的妾，每當宴會時，杜秋娘總是在一旁為李錡唱歌，以增添酒興。後來，李錡因反叛罪被殺。杜秋娘被徵召入宮，受到憲宗的寵幸。憲宗死後，她就成了孫漳王的乳母，結果漳王因罪被放逐，杜秋娘只好黯然神傷地回到故里，過著貧窮且孤獨的晚年生活，她在宮中總計度過了二十七年的漫長歲月。

到了晚年，杜秋娘在非常無奈的心情下，做成了這首膾炙人口的好詩。讀來的確發人深省。

六十八、悲歡離合總無常

勸君金屈卮　滿酌不須辭　花發多風雨　人生足別離

（『唐詩選』于武陵・勸酒）

這首也是屬於在酒宴上送別的詩，即將遠行的人可能是作者的同事或朋友，也許是在不得已的情況下，不是出於自願而即將遷移外地。

詩意是，為了祝福你的前途坦蕩，一帆風順，請你不要推辭這杯已斟滿的酒，來乾一杯吧！

「金屬卮」是附有把手的金屬製酒杯。作者以「不須辭」三個字來表達對朋友的關心及鼓勵之情。

詩的後半首回到本詩的主旨——向朋友告別。詩意是花兒都免不了會遇上暴風雨，人生在世，又何嘗不也如此呢？

以權勢和私利結下的交情，是難以持久的。君子交朋友，先了解、選擇，然後才與他們交往；小人則是一見如故，然後才去了解。

六十九、痛砭時世

春去春來苦自馳　爭名爭利徒爾為　久留郎署終難遇　空掃相門誰見知

（『唐詩選』駱賓王・帝京篇）

這首詩是慨嘆世風日下，人們為了追求功名利祿，不惜吃盡苦頭卻徒勞無功的無奈。

詩意是：歲歲年年，人們沒有多餘的功夫，留心季節的變遷，為的是爭取地位和財富而勞碌奔波。雖然期望總有一天會發跡，但是歲月蹉跎了。機會卻始終輪不到自己。為了贏得達官貴人的賞識，甚至不惜對他的屬下逢迎奉承，然而，換來的卻只是嗤之以鼻，相應不理。

「久留郎署」的典故是，漢朝的顏駟多年來服侍文帝、景帝、武帝三代君主，終其一生卻只做個最低階層的郎官，因為顏駟對於三位皇帝的嗜好總是不能拿捏準確。

而「掃相門」則是指魏勃為了贏得丞相曹參的賞識，不惜低聲下氣，每天早上為丞相的部下打掃門庭。

事實上，駱賓王的這首詩「帝京篇」，在開端就描寫了國都長安的威客，以及上流階層豪華奢侈的生活，接著描繪人生在世榮華富貴，不過是一場夢罷了，何須汲汲營營，卑躬屈膝，喪盡了人性的尊嚴？這些醒世之言，在今日來說也可算是一針見血了。

假如不是屬於我的，即使是根毫毛也不能占為己有。不要改變原來的志向，要在青史上留下自己的名字。只要這樣努力奮鬥，還有什麼值得遺憾的呢？

七十、遁世思想

范蠡舟偏小　王喬鶴不群（『唐詩選』杜甫・觀李固請司馬弟山水圖）

這首詩是作者在司馬李固請家中觀賞山水圖畫時所引起的聯想，畫中的小舟和仙鶴令他羨慕，因為它們能擺脫俗世的紛擾，過著自由自在的生活。至於小舟和仙鶴都有其蘊含的意義：

范蠡是春秋時代的智者，輔佐越王句踐消滅仇敵吳國之後，絲毫不居功，乘著一葉小舟離開越國，此後過著平實的經商生涯，一直到死。

而王子喬是傳說中的仙人，他拋棄了周靈王的太子的身份，隱居在嵩山長達卅年，最後跨鶴昇天而去。

凡人一旦被生活的重擔壓得喘不過氣來時，總想逃避一時，然而，就像作者一樣，只恨小舟太小，載不動幾多愁；鶴而不群，想逃避，比登天還難呢！

七十一、謙虛・信念・慎重

不須攻人惡　不須伐己善　行之則可行　卷之則可卷　祿厚憂責大
言深處交淺　聞茲若念茲　小兒當自見
（寒山）

這首詩是勉勵世人在工作崗位上與人相處時的三個原則：

第一、不要責難別人的缺點，也不要炫耀自己的優點，而應以謙虛的態度對待他人。

第二、無論做任何事情；不要盲目地迎合他人，有時也應堅持自己的主張，萬一不被接受，也要有毅然辭職的決心和勇氣。

第三、工作態度要慎重。地位高升時不驕傲，而且要自覺責任將更重大。如有不得不暢談心事的情況，要先考慮和對方交情的深淺。

這首詩無疑是作者歷經痛苦體驗之後的金玉良言，吾人當切記啊！

一個人只知道向東方望去，自然就看不到西邊的墻了。以個人片面的理解，來衡量各種事務，就無法做出正確的評價。

七十二、謙受益滿遭損

孤鴻海上來　池潢不敢顧　側見雙翠鳥　巢在三珠樹　矯矯珍木顛
得無金丸懼　美服患人指　高明逼神惡　今我遊冥冥　弋者何所慕

（『唐詩選・三百首』張九齡・感遇）

這首詩是說擁有崇高的地位和卓越才能的人，容易遭人嫉妒。作者張九齡曾遭到李林甫和牛仙客向皇上進讒言，而喪失了宰相的地位，詩句雖然平凡無奇，卻含義深遠，另有所指。

前四句把孤獨的大鳥比作自己，雙翠鳥比作李林甫和牛仙客，這個比喻任何人都看得出來。後半首不但是用以忠告他的政敵，同時也說明了罷官之後的心境。

我這隻大鳥，今後將要飛到遙遠的天際，獵夫啊！你再也無法窮追不捨了吧！（今我遊冥冥，戈者何所慕）。

一旦深陷地位、頭銜、財富、權力等慾望當中，就會無法自拔。在擁有這些慾望的同時，會迷失真正的自己，產生一種地位和頭銜才是自己的錯覺。

七十三、隨機應變的能力

文物多師古　朝廷半老儒　（『唐詩選』杜甫・行次昭陵）

杜甫因為反對罷免宰相房琯而陳書規諫，結果觸怒了肅宗皇帝而被貶官，奉命暫時歸鄉，在途中經過昭陵，有感而發寫了這首詩。

昭陵奉祀的是，唐朝開國名君唐太宗，太宗即位後，典章文物制度多半依循傳統，朝臣中有一半是老成的有議之士。他們向太宗提出諫言時，都會受到相當的尊重，杜甫作此詩之目的，就是為了對當今制度表示不滿。

房琯具有敦厚及忠誠之心，是一位博學多聞的名士，受到眾人擁戴，但缺乏實務方面的才能，是屬於紙上談兵型的朝臣。如果他任於國家安定成長時期，擔負調停任務，是最適合不過了，但是，不幸的，他卻身在安史之亂期間，國家前途尚在未定之天，遭到罷免是在所難免了。

當面的恭維，不一定能使有識的人感到高興；背後的議論，使受議論的人常常極其痛苦。

七十四、職業倦怠時應何去何從？

平明端笏陪鵷列　薄暮垂鞭信馬歸　官拙自悲頭白盡　不如巖下掩荊扉
（『唐詩選』岑參・西掖省即事）

這首詩是描寫單調，流於形式，令人倦怠的官僚生涯。曾寫詩諷刺「聖朝無闕事」的岑參，把自己任職的西掖省（中書省）官僚生涯的一天，以即興方式寫成七言律詩。

詩意是：「我每天一大早就恭恭敬敬地奉著笏，加入百官的行列，到了日暮時分便揚鞭驅馬而歸，多年來沒有多大的成就，唯有因憂愁而生的白髮與日俱增，倒不如退隱山中，做個無拘無束的隱士，不知有多快活哩！」

一旦對自己的職務失去了熱情，徒然毫無建樹的留在組織之中，世上再也沒有比這個更痛苦的事了！因此，處於進退兩難的困境時，失意的人一定要放棄「大樹底下好乘涼」的依賴心理，找尋另一線生機。

七十五、愈挫愈勇的決心

（張說・幽州夜飲）

不作邊城將　誰知恩遇深

作者張說（六六七～七三〇）因和老臣姚崇對立而失去宰相的地位，被派遣到幽州（北京）任將軍，這首詩是他在任中的某夜，設宴請客時所寫的。

在軍中，既沒有美女的舞蹈，也沒有優雅的音樂演奏，只有雄壯的舞劍來助酒興，從異民族樂器中流露出的哀愁曲調，使人百感交集！因而發而為詩。

自古以來，關於這首詩的解釋，眾說紛云：

一、到了邊疆，才知以前在京深受天子的恩寵之可貴。

二、能有這樣的新體驗，完全是由於天子恩寵所致！

事實上，張說的心境究竟如何，已無從考證了，但現代人一旦面臨橫逆時，也應有後者般的胸襟態度，你說是不是？

只要有堅貞的品德，就會經得起逆境的考驗。就是簡陋的地方，一旦有君子住在那裏，也就不簡陋了。

七十六、如何培養人才？

北園新栽桃李枝　根株未固何轉移　成陰結實君自取　若問傍人那得知

（『唐詩選』崔顥・孟門行）

作者崔顥是以「黃鶴樓」一詩而聞名的盛唐詩人，這首詩以孟門為題，慨嘆培養人之困難，「孟門」是自古以來有名的難關之一。

詩意是：在北門的庭園新栽種了幾株桃樹，現在它的根部尚未穩固，為何要將它移植呢？應該等到它已枝葉扶疏，結成果實時，再親自去摘取，何必問其他不了解此樹特性的人呢？

自古以來，「桃李」是用來象徵君子，至於君子在成德達材之前，他是不應對他妄下判斷的，培養人才也是這個道理，應以長遠的眼光來觀察、研究與細心的培養，才能達到預定目標。

當今任用的人，必須以德行、學識作為根本條件來考慮。識別和提拔那些出類拔萃的人，不應為出身低微卑賤所限制。

七十七、自然又有彈性

（『唐詩選』李頎・寄韓鵬）

為政心閑物自閑

這首詩是說為政者若能抱持著平和而悠閒的心治事，保持鎮定的態度，必能使任何繁難的事都逐漸上軌道。

李頎將這首詩贈與韓鵬，稱讚他處理政事既自然又有彈性，我們無法得知韓鵬治事的具體事實，以下不妨以更為膾炙人口的地方官——歐陽修為例，就可知道他為何如此受百姓愛戴，以及何謂自然又富有彈性的政治：

歐陽修處理政事是以「寬」和「簡」為原則，無論區域面積多大的州，只要他上任，不到半個月的時間，就可解決大部分的問題，而一、兩個月後，衙門就宛如寺廟一般清靜而莊嚴。有人問他治事的訣竅，他說：「寬」就是不把苛刻加諸於人民身上，「簡」就是減少人民洽公時的繁雜手續。

事情到來之前，就應考慮好事情發生後怎麼辦，禍患到來之前，就應考慮到應該如何預防。

七十八、選擇切合自己的生活方式

（『唐詩選』韋應物・幽居）

自當安蹇劣　誰謂薄世榮

韋應物是唐代自然詩人的代表之一。他在官僚生涯中曾經幾度隱居起來，這首詩就是隱居期間所寫的。詩意是說：

人不分貴賤，無時無刻都為生活而忙碌，只有我已擺脫了一切的名利和外來的束縛，沈醉於閑靜的氣氛之中，這樣對於不善處世的我來說，可說是過著與身份相稱的生活，並不是故意要偽裝成高士的姿態而輕視世上的榮華富貴；也不是嫌棄世俗的一切，而是在偶爾離職時期，過著雖窮卻自足的生活。

他以這種豪放的心態，過著切合自己的生活方式，不愧被譽為自然詩人。

行為完美無瑕的人，他的事業必然興旺發達，行為不端正的人，會招致滅亡。人能真心實意，連金石那樣堅硬的東西也會被感動。

七十九、一體兩面

水結即成冰　冰消返成水

（寒山）

生死、有無、善惡、禍福……等都是一體的兩面，在本質上都是相同的。作者以水與冰的關係來闡明這個道理，真可說是達到了「悟道」的境界。

世上凡是相對立的東西，事實上都互為表裏，不斷地反覆運轉，因此，「禍福如糾繩」、「轉禍為福」都已成為傳世不朽的真理。

任情妄行的人是危險的，而克制自己私慾的人，就能平安無事。考慮再週到，也可能有某一件事有所疏忽；技藝再全面，也會有某一種本領沒有掌握。天下沒有孤立存在的事務，必然有與它相聯繫的東西。

世事既然沒有絕對的，世人又何必執於一端呢？

自己所作的事情，當然必須由自己來承受。不論結果是好或壞，都必須勇敢地承受。因為不管好事或壞事，問題都在於自己，絕對不會受到他人的影響。

八十、就職者須知

行道佐時須待命　委身下位無爲恥　命苟未來且求食　官無卑高及遠邇

（白居易・王夫子）

作者白居易的朋友王夫子將要赴任某縣的屬官，作者因而寫了這首詩勉勵他，詩意是：

讀書人研究學問主要是為了做官，以光耀祖宗，貢獻社會，以及維持一家生計所需，當然，最重要的是為了實現理想。

不過，為了達到這個崇高的目標，必須等待時機，在時運尚未亨通之前，即使是做最低級的官員，也不要怕丟臉，這段期間主要是為了確保飯碗而工作，因此，官位的高下，服務地點的遠近，都不值得介意的。

唯有這樣腳踏實地，按步就班，才能達到成功的目標。這個道理即使在數千年後的今日來說，仍然是至理名言哩！

八十一、曲高和寡不合時宜

有耳莫洗潁川水　有口莫食首陽蕨（『三百首』李白・行路難・其三）

這首詩是比喻世路的艱難，勸勉世人即使功成身退做個人生的旁觀者，也不要像許由和伯夷、叔齊兩兄弟一樣，何妨遵循老子「和光同塵」的處世態度。

許由被堯帝召為九州長，覺得聽到這個恩寵，是污染了自己的耳朵，為了表示清高，就用潁水來洗淨耳朵。

伯夷、叔齊認為武王伐紂是不義之舉，於是隱居於首陽山，誓不吃周粟而以薇蕨為食，終於餓死。

像這樣以孤高自許，自比為雲間的月亮，到底是為了什麼呢？像李白「且樂生前一杯酒，何須身後千載名！」不是很好嗎？

潔白的美玉不琢磨，其光亮就發不出來。人要經過培養和鍛鍊才能成材。凡事不要急急忙忙地開始進行，在進退維谷之際，就能出現認真瞭解自己的成果。

八十二、對工作奉獻的熱忱

花隱掖垣暮　啾啾棲鳥過　星臨萬戶動　月傍九霄多　不寢聽金鑰
因風想玉珂　明朝有封事　數問夜如何

（『唐詩選・三百首』杜甫・春宿左省）

某個春夜，作者由於輪值而夜宿於朝中，由於專心致力於思考左拾遺應盡的責任——諷諫，終夜不敢就寢，因而作了這首詩。

詩意是：從花影隱約的日暮而至月光皓潔的深更，時光靜悄悄地流逝了，尚未入眠的我，耳中竟聽到鎖鑰打開宮門的聲音，以及馬鈴聲，明天一早還得上書，不時地看看窗外，現在是什麼時辰了。

在當時，諫官不過是朝中的附屬品，從岑參的「聖朝無闕事」一詩中，我們就可證明這一點了。也許杜甫就是因為這種對工作的熱忱，反而受到肅宗皇帝的越發疏遠吧?!

眼光和理想應當是遠大的，但實行起來必須量力而行，循序漸進。最寶貴的是一片赤忱，比金石還堅貞。

八十三、充滿高昂鬥志

寧為百夫長　勝作一書生

（『唐詩選』楊烱・從軍行）

這首詩是說明：一個青年期望能擺脫抑鬱不樂的現狀，追求充滿高昂鬥志的人生。詩意是：

就算是當個階級不高的士官也好，只要能奔馳沙場，即使是犧牲了生命也甘之如飴，總比做個虛度光陰的書呆子的人生還要有意義吧?!

日本有句諺語：「出門就有七個敵人，人生到處是戰場。」難道唯有拿起武器效命疆場，才算是戰鬥嗎？

然而，由於作者置身於官僚的社會，對於虛偽俗套的生存競爭，想必是厭煩透了，因而產生這種軍國主義的思想吧？

另一方面，可能是因為作者楊烱（六五〇～六九三？）處於唐朝的建國時期，所以，詩中充滿了年輕的理想抱負。

八十四、意識型態

苜蓿隨天馬　葡萄逐漢臣　當令外國懼　不敢覓和親

（『唐詩選』王維・送劉司直赴安西）

這首詩是稱頌大唐的聲威遠播，苜蓿和葡萄都是西方的農產品，由於漢朝的和蕃政策而引進中原，李頎（參閱六二）將此事批判為顯示愚蠢的意識型態膨脹的心理。但是，王維卻不以為然，反而稱揚這是發揚國威的象徵。

這首詩是劉司直（監察委員）將要赴任安西都護府，王維在送別他時所贈與的律詩的其中一聯。詩意是：

你此番西行，將經過漢朝征服大宛時，把苜蓿、葡萄、天馬帶回中原所行經的路線。到了西域，要壯大唐朝聲威，令諸國懼怕，對於他們要求以平等的地位，保持友好關係的建議，要斷然拒絕，絕不可表現出軟弱的姿態。

可能是因為王維處於唐朝全盛時期，因而充滿了超級強國的意識型態吧！

八十五、老而不衰的壯志

雄姿未受伏櫪恩　猛氣猶思戰場利（『唐詩選』杜甫・高都護驄馬行）

這一聯詩句是稱揚老當益壯者的雄姿。而全詩的內容大意是，安西都護府高仙芝在西域戰場立大功凱旋回京的情況。

高仙芝所騎的驄馬（毛色青白夾雜的馬），在戰場上所向無敵，和騎士形成一體，立下不少汗馬功勞，牠的雄姿始終不曾顯示出受過飼馬者妥善照料的樣子，洋溢著勇猛的氣概，似乎還想在沙場上再轟轟烈烈地戰一場。

當時杜甫年僅卅八，正當壯年，因此，稱揚的對象顯然不是他自己，而是高仙芝的老而不衰的壯志。

後來，高仙芝因為不肯採納他人的意見，被冠上了莫須有的罪名，最後死於非命。因此，老當益壯固然可喜，但千萬別陷於執拗、固執不通，換得「老頑固」的醜名才好。

賢良的人身陷厄境時，更應該努力加強道德修養。

八十六、不便開口不妨寫詩來表達

二月黃鸝飛上林　春城紫禁曉陰陰　長樂鐘聲花外盡　龍池柳色雨中深
陽和不散窮途恨　霄漢長懸捧日心　獻賦十年猶未遇　羞將白髮對華簪
（『唐詩選・三百首』錢起・闕下贈裴舍人）

詩意是陳述自己困窮的狀況，藉以委託友人代為介紹一官半職。

由「二月黃鸝飛上林」而至「龍池柳色雨中深」是指寫早春宮廷的美景，乍看之下好像與題旨無關，其實言外之意是在暗示對方——中書舍人裴氏侍奉皇帝的生活，和自己的境遇成強烈的對比。面對如此和煦的春景，仍然不能發洩為窮途而苦惱的嘆息，只是徒然面對九重天訴說自己的誠心罷了。自從獻賦十年以來，直到現在，仍沒有任官的消息傳來，若以我斑白的頭髮和你的華美衣冠相比，實在是羞愧得無地自容啊！

功德不是外人加給的，而是要由自己建立的；名譽不可以憑空而起，而是要用實幹去起得的。

八十七、藉酒澆愁愁更愁

吏情更覺滄州遠　老大徒傷未拂衣　（『唐詩選』杜甫・曲江對酒）

這首詩是說一個對前途感到茫然的政府官員，卻又不敢斷然地辭職，因而藉酒澆愁，自我解嘲。

在「明朝有封事」一詩中，我們曾介紹過杜甫將微不足道的小官——左拾遺視為天職般地鞠躬盡瘁。然而，卻受到同僚冷眼相待，因而到曲江河畔買醉澆愁，以打發無聊的日子。

「酒債尋常有行處，人生七十古來稀……」這句膾炙人口的詩，也是同時期的作品。

左拾遺在當時僅是朝廷中的附屬品，不受到朝中上下的重視，甚至連最基本的自尊都蕩然不存，除了怨嘆自己無能外，實在無技可施。除非天下還有可以容身之處，否則絕不輕易辭職，這就是身為卑微小官的悲哀啊！

八十八、維持和諧的人際關係

（韓愈・岳陽樓別竇司直）

屠龍破千金　為藝亦云亢

詩人韓愈雖具備了出眾的才能，卻被自己不輕易妥協的個性所害，屢次飽嘗降職之苦。這首詩中充滿了反省與懊惱的意味。

他在學生時代雖立志為王者之師，然而，滿腹經綸卻如同費千金研磨了屠龍之術，絲毫沒有用處。踏入政界以後，只因選擇朋友只注重對方是否有才能，而招致他人無端的讒言與毀謗。

社會是人與人的集合體，必須與人維持良好的人際關係，才能同心協力各展所長，身為一個社會人若不懂得應對進退的禮節，那麼，即使學識再高，也不過是紙上談兵罷了。

只要你不自視太高，世人就不會和你比高低；只要你不自誇勞苦功高，天下就不會有人爭功。

八十九、明心見性

人問寒山道　寒山路不通　夏天冰未釋　日出霧朦朧　似我何由屆
與君心不同　君心若似我　還得到其中　（寒山）

這首詩是奉勸世人若要達到「道」的境界，就不要只是模仿它的外形，而應明心以見性，才能得「道」。

詩意是：世人總想問如何通往寒山的路程，然而，事實上這一條路根本就行不通。因為即使是炎熱的夏天，此路的冰也不會溶解，而艷陽高照時，它仍是被濃霧所籠罩的世界。既然這一條路如此地充滿了艱難險阻，即使你模仿了我的形，也無法到達的，因為我和你的「心」不同，除非你的心像我一樣，總有一天你還是可以到達的。

不要讓外物擾亂了感官，不要讓感官擾亂了心志。如果不勤勤懇懇地耕作，倒不如不耕作。

九十、和各民族保持友好關係

玉帛朝回望帝鄉　烏孫歸去不稱王　天涯靜處無征戰　兵氣銷爲日月光

（『唐詩選』常建・塞下曲一）

這首詩的主旨是期望能夠和各民族保持友好的關係，以促進世界的和平。

漢武帝對於西域的土耳其族所建立的國家——烏孫，贈與豐厚的禮物，同時把皇族的公主下嫁給烏孫國主，烏孫也進貢許多的良馬做為回禮，因此，兩國之間便建立了友好關係。「王帛朝回望帝鄉，烏孫歸去不稱王」就是指這一段故事。

此後，天下太平，再也沒有戰事發生。作者常建是盛唐末期的詩人，在前面「兵車行」一詩中也提過，玄宗為了擴大領土，不斷地征戰，造成百姓困窮，不可言狀。這首詩雖不是正面批判國政，但借題發抒心中殷切希望世界和平的心意，早已在字裏行間表露無遺。

大海從不拒絕容納滔滔東流的眾多江河，是因為它的容量極大。心胸開闊的人可以博採眾議，包容各種意見；能包容一切的「道」。

九十一、痛斥戰爭之殘酷

北海陰風動地來　明君祠上望龍堆　髑髏皆是長城卒　日暮沙場飛作灰

（『唐詩選』常建・塞下曲二）

這是一首描寫戰爭之殘酷的詩，意象鮮明，怵目驚心。和前面一首形成強烈的對比。

詩意是，陰森的風從北海震動大地，呼天喚地而吹來，從祭祀明君的祠廟上遙望白龍堆，只見滿地的骷髏，他們都是戰爭中陣亡的士兵，現已變成灰塵，在日暮黃昏的沙漠上向天空飛揚。

「北海」是指貝加爾湖。「明君」是漢元帝時下嫁給匈奴國王的王昭君。她的墳墓現在還在內蒙古的呼禾禾特市郊外。「白龍堆」是新疆省羅普諾爾之東的純白的平原，據是傳說中的死亡之沙漠。

這首詩以淒慘異常的筆觸直逼而來，痛切陳述對和平的殷切期望，實在震撼人心。

九十二、莫做金錢的奴隸

富家女易嫁　嫁早輕其夫　貧家女難嫁　嫁晚孝於姑（白居易・議婚）

這一首詩是諷刺長安的世情。作者嚴厲地批判世俗的價值標準，痛斥世人的愚昧，竟然將結婚這種有關終身的大事，完全以金錢權貴做為衡量的標準，實在是世風日下，人心不古啊！

然而，娶了一個富家女進門又如何？一樁買賣式的婚姻究竟能維繫多久，富家女的嬌矜自是，做丈夫的如何消受？到頭來還不是落得人性尊嚴任人踐踏的下場。倒不如娶個貧家女，謙遜為懷，孝順翁姑，相夫教子，這種婚姻的幸福又豈是前者做個金錢的奴隸所及得上的？

人不應被習俗所熔化，要把自己鍛鍊成有利於社會的人。不要像桃李花那樣，雖然開得很早，但也謝得很快。

九十三、人格高尚的表徵

咸笑外凋零　不憐內文彩　皮膚脫落盡　唯有真實在　（寒山）

聳立在林子裏的一顆古樹，樹齡比周圍任何一顆都長，從外表看起來，已難掩它的老態，人們總是嘲笑它的寒酸，卻沒有人發覺它漂亮的紋理。事實上，只有它才是脫離了一切的虛偽粉飾，是真實的存在。

這首詩表達了佛教中含意深遠的哲理。再舉一個例子來說：

「在市場的某個角落裏，有三個老人並肩坐在一起，一個在賣金魚，另一個賣水草，第三個老人則賣可作魚餌的蚯蚓，三人共同分享微薄的利益。」

比起某些四肢健全的年輕人卻厚顏當街行乞，其人格高尚多了。

不因為艱難或容易而改變自己的志向；也不因為安危改變自己的行為。梅花之所以香味撲鼻，是因為它能經得起一陣陣的嚴寒。要取得輝煌成就，要經得起困難的考驗。

九十四、慨嘆人世無常

朱雀橋邊野草花　烏衣巷口夕陽斜　舊時王謝堂前燕　飛入尋常百姓家

（『三百首』劉禹錫・烏衣巷）

這是一首諷刺人世無常，榮枯盛衰不可長久，膾炙人口的名詩。

「烏衣巷」是南京市內的街名。這一條街上高級住宅鱗次櫛比，是東晉開國元勳——王導、謝安等名流貴族的宅邸。「朱雀橋」便是橫跨在該區北側的橋。曾以豪華壯闊而著名的烏衣巷，現已呈現荒涼不堪的景象，而「王、謝」曾是顯貴的代名詞，然而曾在他們屋簷下築巢的燕子，現在卻在普通民家翩然飛舞呢！

這首詩的絕妙之處在於以燕子作為歷史的見證人，和以河流、山川比喻景物依舊，人事全非，都有異曲同工之妙。

不要虛度年華，不然到了滿頭白髮之時，只有徒嘆奈何了。人的生命既然有開始，就必然會有終結，誰能長生不老呢？明亮的鏡子可以使人看清自己的形貌；歷史可以使人認清現狀。

九十五、生死榮枯在一念之間

（『三百首』孟浩然・歲暮歸南山）

不才明主棄　多病故人疏

作者孟浩然（六八九～七四〇）是唐代自然詩人的代表之一。四十歲到京城長安，欲求一官半職，卻被自己任性的行為所誤，不能如願以償。

一天，孟浩然特地前往宮中衙門拜訪友人王維，當時，正好唐玄宗也在場，王維認為千載難逢，而把他介紹給皇帝。孟浩然遵皇帝之旨詠了這首詩，卻觸怒了皇帝，平白失去晉昇富貴之階的機會。而皇帝為何動怒呢？

或許是因為他的詩在謙虛之中隱約透露出滿腹的牢騷吧！

當玄宗的近侍黃翻綽因故觸怒皇帝，而被丟進水池之前，他對皇帝說：「屈原看到我，一定會議笑我，身處明君治國的時代，為何還要效法他的行徑？」像這樣以機智逃過一劫，和孟浩然因耿直而丟官簡直是天壤之差嘛！

凡事考慮不精細，思想不深明，怎能不犯錯誤呢？事前能夠周密思考，就能處之泰然。

九十六、宦海浮沈

去歲荊南梅似雪　今年薊北雪如梅（『唐詩選』張說・幽州新歲作）

這首詩主要是闡述人的命運變化無常。作者因權力鬥爭失敗而被流放於岳州（湖南省），後來又東山再起，被封為幽州（北京）都督，為此感到非常高興，因而詠了這首律詩。詩意是：

去年在岳州迎新春時，梅花如雲盛開，形成一大片白色的花海，然而，今年在幽州迎春，卻是雲片如梅花似的紛紛降落。

中國大陸南北氣溫差別很大，因此難能可貴的是，作者能以非常鮮明深刻的筆調將之表達出來，尤其是把梅和雲交互比譬，用來暗示寒暖無常的官僚生涯，這是全詩的高妙之處。

失掉什麼不必憂愁，得到了什麼也不必高興。在早晨失掉的，在日暮時又得到了。不要患得患失，在一方面失敗了，在另一方面又能獲得了成功。

九十七、求取功名的籌碼是什麼？

黃沙百戰穿金甲　不破樓蘭終不還（『唐詩選』王昌齡・從軍行二）

這首詩是歌詠在邊境作戰的將士們充滿了高昂的士氣。

「樓蘭」是位於西域羅普諾河畔的國家，『唐詩選』中除了這一首與樓蘭有關的詩句外，還有「直斬樓蘭報國恩」（張仲素，塞下曲）等。在唐詩中，樓蘭幾乎可以說是想要立戰功的人最優先列為攻擊目標的國家。為何像樓蘭這麼小的國家竟然會經常被列為征服的目標呢？原來是有如下的一段歷史淵源：

前漢的傅介子奉命暗地接近樓蘭王，並贈與財物，趁對方疏忽時，斬其首級歸國，因而被封為義陽侯。

後漢的班超奉命出使鄯善國（樓蘭的後身）時，以敵眾我寡的局勢偷襲正在鄯善國訪問的匈奴使節團，予以全數殲滅，藉以威脅鄯善國，使之臣屬漢朝。

可見樓蘭在漢人眼裏簡直成了求取功名的籌碼。

九十八、勝利的空虛

絕漠大軍還　平沙獨戍閑　空留一片石　萬古在燕山

（『唐詩選』劉長卿・平蕃曲二）

這首詩是根據後漢的竇憲將軍大破匈奴，凱旋歸國並在燕然山（外蒙古）建立功德碑一事所寫的詩。

竇憲之所以主動地征討匈奴的原因，據說是為了逃避殺害政敵罪。基於個人的如意算盤而長征匈奴，沒想到居然成功了，因此，被任命為大將軍。此後他變本加厲，橫暴不堪，終於因圖謀殺害君主而被處死罪。

戰爭往往與國家的利益無關，而是由於部分野心的將領為了私慾而引發的，然而，就算是勝利了，犧牲了多少官兵，究竟具有什麼意義呢？

取得大眾的擁護就能幹出驚天動地的事業。順乎時代潮流的就會昌盛，逆於時代潮流的就會走向滅亡。

九十九、山中無曆日

偶來松樹下　高枕石頭眠　山中無曆日　寒盡不知年
（『唐詩選』太上隱者・答人）

「山中無曆日」是描述拋棄世俗，聽其自然的悠閒生活。作者的姓名及經歷均不詳，「太上隱者」不知是自稱，還是他人給他的封號，傳說有人問他的姓氏，不料他竟留下此首詩便離去了。詩意是：

偶爾來到松樹下，竟然不覺中便在石頭上高枕而熟睡了。在山中過活是用不著日曆的，嚴寒的氣候過去，想必是春天即將來臨了，只是不知道現在是什麼年頭了。

人是萬物之靈，為了清楚而具體地了解時間的推移，因而發明了具有數字概念的鐘錶和日曆。此外，有人以電視來使自己過著規律的生活，然而，近來聽說有一個電視迷因此而精神崩潰，據說是因為他覺得常看的節目竟然越輪越快了，也就是說一週播一次的節目，感覺上好像是只過了三天而已，因而以為是地球的自轉週期產生了異常。

如果不使用這些人工的時間——鐘錶、日曆等，想必會有更充裕的自然時間，也可以充分地享受精神生活吧！

一〇〇、珍惜綠色的季節

莫見長安行樂處　空令歲月易蹉跎

（『唐詩選・三百首』李頎・送魏萬之京）

這首是作者李頎寫給即將赴京的友人魏萬的七言律詩，詩意是說長安是宴樂的繁華都市，一旦踏入，絕不可紙醉金迷得虛度了歲月。

都市待久了的人，一旦離開都市，往往不知道如何適應其他環境的生活，人類生活逐漸集中在都市，似乎已是世界性的傾向了。

都市生活的魅力在於生活方便，宴樂場所多，然而這就像蚱蜢一樣，本是好玩的小動物，一旦以密集狀態繁殖，長大後就成了蝗蟲，成千上萬地在空中飛行，並吃盡大地上所有的綠色植物，而城市人也和它們一樣因此虛度了人生的綠色季節。將自己一步步推向絕路而不自知呢！

一隻老虎離開了群虎，跑到城鎮裡去，立即就會被人捕住，人不能脫離開集體而生存。要想知道日後有什麼樣的遭遇，就看看自己目前的所作所為。

《小知識二》

對句不可牽強附會

據說，古時候有一個人為了賣弄自己的才能，而寫了一首長達兩百句總計有一百個韻的排律，贈與自己所屬的衙門的長官，詩中有如下的對句！

「舍弟江南歿，家兄塞北亡」

長官看了這一詩句，忽然肅然起敬，衷心地向他慰唁：「我不知你家裏發生這樣的不幸，實在對不起！」

那人竟若無其事地回答說：

「不！不！那並不是事實，只是，我如果不這麼寫，實在是寫不出『對句』來啊！」

一〇一、捲土重來

勝敗兵家事不期　包羞忍恥是男兒　江東子弟多才俊　捲土重來未可知

（杜牧・題烏江亭）

楚霸王項羽和漢王劉邦為了中原霸主之寶座大戰於垓下，項羽不幸敗北，烏江亭長備好船隻，勸他逃往江東以謀東山再起的機會，不料項羽竟然說：「和我並肩作戰的江東八千子弟，現在都全軍覆沒了，我有何面目再見江東的父老呢？」說完便引咎自殺了，作者在這個淵遠流長的烏江亭題了這首詩，婉惜項羽目光短淺。詩意是說：

勝敗乃兵家常事，戰敗並不可恥，蟄伏一陣，養精蓄銳，只要時機一到再捲土重來，未嘗沒有戰勝的機會。

項羽悲壯地死亡，引起後世無限的同情。然而對他的評價是見仁見智，有人誇讚他不愧為霸王之尊，勇於負責與部下同生死，然而中途倒戈的韓信，卻認為這不過是「婦人之仁」罷了，杜牧的見解也與此頗為相近，他認為能忍辱負重，將失敗扭轉為勝利才是兵家之道。

一〇二、為離別而感傷

風吹柳花滿店香　吳姬壓酒勸客嘗　金陵子弟來相送　欲行不行各盡觴
請君試問東流水　別意與之誰短長（『三百首』李白・金陵酒肆留別）

這首詩是說作者在柳絮飛舞的季節，在南京一家面臨長江的酒店和友人把酒話別。輕柔的春風吹著柳絮，整個酒店瀰漫著陣陣的酒香，詩仙陶然地望著出名的江南美女蒸著熱酒，勸朋友品嚐。筆鋒一轉，試問滔滔東逝的流水，我們之間的情誼和流水相比，究竟是誰長呢？

李白最善於以水來表現感情，這一首詩也是絕妙之筆，內容中有酒、美女、柳絮、流水，充滿了意象之美。

因為錢財而結交的關係，錢財沒有了，交情也就斷絕了；因為美色而結交的關係，容顏衰老，感情也就改變了。因為權力和利益而抱成一團的人，權力和利益不存在，團結也就崩潰了。

一〇三、人生際遇難逆料

今年人日空相憶　明年人日知何處

（『唐詩選』高適・人日寄杜二拾遺）

官拜蜀州刺史的作者，在正月七日（人日），寫詩贈與杜甫。他們在年輕時就都因懷才不遇而結為莫逆之交，杜甫始終無法擺脫逆境，到處漂流，而高適卻因安史之亂而有了轉機，現在已飛黃騰達了。

高適表示仕宦多年，自身沾染了官僚氣息，雖已老態龍鍾，仍然戀棧刺史的地位，和杜甫無官一身輕逍遙自在的生活比起來，深深地感到慚愧。慨嘆明年的今日我們會在何處?做何事呢?

四年後，高適在長安去世。再過五年之後，當時在湖南流浪的杜甫，從舊的書信之中找到了這首詩，隨即痛哭流淚地吟完了它。而在這一年的冬天，杜甫就在湘江的船上結束了苦難的一生。

一〇四、緬懷故人

物在人亡無見期　閑庭繫馬不勝悲　窗前綠竹生空地　門外青山如舊時
悵望秋天鳴墜葉　巑岏枯柳宿寒鴟　憶君淚落東流水　歲歲花開知爲誰

（『唐詩選』李頎・題盧五舊居）

盧五是何許人不得而知，不過，可以確定此人必姓盧，排行第五。這首詩是作者探訪他的故居並追憶往昔。詩意是：

這間房子的庭園依舊，然而再也見不到屋子的主人了。因為長年無人修整，窗前的空地上已長出綠竹了，而遙望門外的青山，依舊和以前一模一樣。仰望著天空沈思，只見樹葉紛紛地落下來，貓頭鷹棲息在老柳樹上，因為禁不住寒冷而發抖。我緬懷故人，淚水如同一去不回的河水流去，庭園的花明年依舊會盛開，但是，到底是為誰而開的呢？

雖然在笑，不一定心裡平和；雖然在哭，未必內心就傷感；那種表面和善、嘴裡甜蜜的朋友，心裡長著的卻是刺。

一〇五、懷念被降職的朋友(一)

銀台金闕夕沈沈　獨宿相思在翰林　三五夜中新月色　二千里外故人心
渚宮東面煙波冷　浴殿西頭鐘漏深　猶恐清光不同見　江陵卑濕足秋陰

（白居易・八月十五日夜禁中獨直對月憶元九）

作者在月夜深深地籠罩著的宮廷中，獨自值夜時，懷念起好友元稹（元九）——在相距兩千里的遠方，他是以什麼樣的心情望著冉冉上昇的中秋月亮呢？元稹和白居易是同期的科舉及格，而後由於兩人在政治上與文學上有共同的理念，而鞏固了他們二人之間的友情。二人後來都遭到左遷的命運，而元稹比白居易早五年被流放到南方的江陵。

一樣的月光，卻顯出不一樣的光景，因為，聽說江陵的地勢低，濕氣大，秋天始終是陰溫的天氣。

朋友的交情，如果是真正知己的話，那就不一定只有同胞兄弟姐妹的感情是最親了。

一〇六、懷念被降職的朋友㈡

殘燈無焰影幢幢　此夕聞君謫九江　垂死病中驚坐起　暗風吹雨入寒窗

（『唐詩選』元稹・聞樂天授江州司馬）

這首詩是作者元稹獲悉好友白居易被降職而感到黯然神傷。元稹自江陵被調到通州（四川省）後，因患染瘧疾命陷於危篤，又驚聞好友周遭左遷之噩運——被貶為江州司馬，因而寫了這首詩，詩意是：

尚未熄滅的燈火，無力地搖晃著，驚聞好友您被貶官，瀕臨垂死邊緣的我，不由得自病床上坐起，那一夜冷風帶雨吹進我的寒窗，顯得無限地悲涼。

白居易後來在寫給元稹的信中說：「此詩連他人亦不忍聞，何況是我？至今吟此詩仍覺得痛心。」四年後，元稹獲大赦而被召返長安，處事態度較以前圓滑，不過，和白居易的友情仍至死不渝。

朋友之間的交往關係，在一起的時候應該批評幫助，不在一起的時候不應該說他的壞話。

一〇七、人生聚散無常

人生不相見　動如參與商

（『三百首』杜甫・贈衛八處士）

這首詩是說人生聚散無常，好友相聚，把酒話舊事，覺得分外地親切，然而，才相聚又要別離了，使人感到世事渺茫，太難逆料。

「參、商」是兩顆星名，此出彼沒，永遠不得相見。

杜甫被免除了左拾遺之職以後，改任華州的小官，有一次出差順道返回飽經戰亂肆虐的故鄉——洛陽，途中，和闊別二十年的老友衛八不期而遇，受到他們全家熱情的款待，真是感到悲喜交集。得知其他朋友多半已亡故了，使杜甫一度陷於深深的悲傷情緒之中，幸而衛八一家人殷勤招待，使他暫時忘卻了疲勞與哀傷，沈浸在和睦的氣氛中。酒逢知己千杯少，何況是久別重逢，不由得一連喝了十杯，感念不變的友情，竟然都沒有喝醉。但是相聚難再見更難，明天一旦分別後，再見面不知是何日呢！

人生在世，友情彌足珍貴，因此，當珍惜這得之不易的緣份。

一〇八、哀悼同志之死

昔記山川是　今傷人代非　往來皆此路　生死不同歸

（『唐詩選』張說・還至端州驛前與高六別處）

這首詩主要是作者張說哀悼志同道合的好友高戩的死亡。

張說為了替被加上莫須有罪名的副宰相魏元忠辯護，觸怒了則天皇后，而被流放到欽州（廣西），這時，他的好友也一同被流放，兩人遂同行至端州（廣東）才分手。一年以後，張說獲得赦罪，而高戩已亡故了，歸朝途中又經過端州，感慨萬千，因而寫了這首詩。詩意是：

我和你在旅途中分享食物，分手時還彼此交換衣服，然而，現在山川的景色和我記憶中的完全相同，但是，人世為何如此無常呢？

我來回都經過同一條路，但是，我尚健在，你卻已亡故了，我們倆竟然再也不能同行了！

情操高尚的人的交往，重在思想志向的一致；德行不好的人的交往，只能用表面的熱情維繫他們的關係。

一〇九、送別退職軍人

流落征南將　曾驅十萬師　罷歸無舊業　老去戀明時　獨立三邊靜
輕生一劍知　茫茫江漢上　日暮欲何之

（『三百首』劉長卿・送李中丞歸漢陽別業）

這首詩是作者送別官拜御史中丞之職的李將軍，退職返回漢陽時所寫的。

對於老將的忠心耿耿奉獻一生，卻落得老去流落的淒涼晚景感到惋惜。

曾經是指揮十萬大軍的征南將軍，雖然有意在隱退後過著悠然自適的生活，但是，由於毫無資產，只好徒然怨嘆自己老去，懷念著過去美好的時光。

想當年是多麼地叱咤風雲，只要李將軍的旗麾所到之處，邊境的戰亂就立刻被平定，一片赤膽忠心，也唯有佩在腰上的劍才知道。

而今在這個渺茫的江上行舟，又將歸往何方呢？

當人們一會兒得勢，一會兒失勢的情況下，方才看得出哪些朋友的交情是真誠的。

一一〇、每逢佳節倍思親

獨在異鄉爲異客　每逢佳節倍思親　遙知兄弟登高處　遍插茱萸少一人

（『唐詩選・三百首』王維・九月九日憶山東兄弟）

這首詩是作者在九月九日重陽節當天，懷念山東故鄉家中的兄弟而作的。當時王維只有十七歲，就離開故鄉到長安求學。中國人在重陽節有些獨特的習俗：例如登高、飲菊花酒、以祛除厄運。此外還有將茱萸插在冠上等。

句中兄弟情深，以超越時空的轉折筆法娓娓道來，淒苦之情溢於言表。「遍插茱萸少一人」可說是全詩的精神所繫，既不說我憶兄弟，也不說兄弟懷念我，而插以插茱萸少一人，來代表兄弟無法相聚的無奈，悲苦之情自見。

兩個人同心協力，這股力量會把金屬截斷；朋友之間推心置腹地交談，像蘭草那樣芳香。行為、傾向相同，相距千里之遙，也會彼此接近；行為、傾向不一致，雖然大家是鄰居，也彼此不會來往。

一一一、新媳婦的心理狀態

三日入廚下　洗手作羹湯　未諳姑食性　先遣小姑嘗

（『三百首』王建・新嫁娘）

這首詩是描寫新媳婦緊張的心理狀態。古時候，依照慣例，新娘在結婚的第三天就要下廚做飯給全家吃，表示從這一天開始，正式成為這個家中的一份子，做飯可說是第一道關口。

這首詩把一個又慎重，又聰明的新媳婦細心留神的樣子描寫得淋漓盡緻。看了這首詩後，也許有些做公婆的會感慨說：「現在的媳婦那像以前……」。同時代的詩人朱慶餘也有類似的作品：

「洞房昨夜停紅燭，待曉堂前拜舅姑，
　粧罷低聲問夫婿，畫眉深淺入時無？」

同樣的也是將新媳婦的心理刻劃入微的好詩。

喜歡一個人，就不容易看到他的過失，討厭一個人，就往往看不到他的長處。如果不以正道愛人，那正是害他了。

一一二、童年的回憶

妾髮初覆額　折花門前劇　郎騎竹馬來　繞床弄青梅　同居長干里
兩小無嫌猜
（『三百首』李白・長干行）

這些句子是幼年時代之交的回憶，「青梅竹馬」這句成語也是源自於此。形容幼童天真無邪地玩樂的情形。

這首詩是李白的五言古詩長干行中的第一小段，敘述幼年時兩小無猜的情景。詩人為嫁作商人婦的小女子代筆，敘述她和夫婿兩人原是無嫌猜的童年玩伴，初嫁時羞澀無比，相處一段時日後，希望就此白首偕老，如灰塵般相和相依，但是自從夫婿出外經商後，就漸行漸遠無音訊。

詩人將聚少離多的怨婦心理描繪得極為貼切，讀之令人不免為怨婦唏噓不已。

鳥飛得再遠，必定飛回老窩；狐狸死了，頭必朝向居住的山丘。飲水思源，人不可忘本。

一一三、期待丈夫早歸的妻子的心理

君自故鄉來　應知故鄉事　來日綺窗前　寒梅著花未

（『三百首』王維・雜詩二）

已見寒梅發　復聞啼鳥聲　愁心視春草　畏向階前生

（『唐詩選』同前三）

這兩首詩是敘述出門在外的丈夫與在家中的妻子之間的感情。

前一首是丈夫對來自故鄉的朋友，探聽故鄉的消息。「倚窗」是有雕刻的花格子窗，多半用於婦女的房間。不探聽妻子的事而只關心花開了沒有？這種心意是不言而喻了。

後一首是期待丈夫早一點回家的妻子的告白。寒梅已經發出了新芽，又聽到鳥啼聲，一年又一年地過去了，看著滿園的春草，心裡真是憂愁不已。因為草長得繁茂意味著很少有人來往。這是一種含蓄的寫法，女人的感情較為矜持而執著，暗示的手法，使全詩餘韻迴盪不已。

一一四、歸心似箭的出外人

客心爭日月　來往預期程　秋風不相待　先至洛陽城

（『唐詩選』張說・蜀道後期）

這首詩描述離鄉背井的人，希望早一點趕回家的心境。據說是張說在二十三、四歲時出差到蜀（四川）時的作品。

出門在外的人總是盼望早一點回家的，因此，事先就將來回的日程預訂好。除了觀光旅行之外，為了公幹而出差是索然無味的，接下來的兩句是出乎讀者意料之外的表達方式，卻能把主題漂亮地突顯出來，詩意是：

秋風那傢伙，也不等等我，竟然捷足先登，歸回洛陽城了。

和標題相對照，使全詩充滿了妙趣。

不要嘆息光陰在一天天催你老去，要緊的是要珍惜那一年一年的時光。不要虛度年華，不然到了滿頭白髮之時，只有徒嘆奈何了。

一一五、母愛如春暉

慈母手中線　遊子身上衣　臨行密密縫　意恐遲遲歸　誰言寸草心
報得三春暉
（『三百首』孟郊・遊子吟）

這首詩是表現無限深長的母愛之偉大。

孟郊（七五一～八一四）為人固執，難以相處，一生為貧窮所苦，到了四十六歲才好不容易科舉及格。也就在這一年，他又回到了故里。後來，接受了母親的勸告，四年後又上京任職——縣尉之職，領取微薄的俸祿。這首詩是他將要赴任時所寫的。詩意是：

母親為將要遠行的兒子親自縫衣服，一針一線縫得非常細密，每一個針眼都意味著望子早歸的情意。

孩兒的心卻像微細的草，如何能報答慈母這種如春光般孕育培植的深恩呢？

用自身的實際行動去教育人，比只用言辭去教育人更容易被人接受。人們養育孩子，都希望他長大了聰明，其實聰明也不見得就是好事，有時聰明反被聰明誤。

一一六、只羨鴛鴦不羨仙

止宿鴛鴦鳥　一雄兼一雌　銜花相共食　刷羽每相隨　戲入煙霞裏
宿歸沙岸湄　自憐生樂處　不奪鳳凰池　（寒山）

棲息樹上的一對鴛鴦，將嘴兒相互靠在一起啄花瓣，牠們終日如同把翅膀互相摩擦似的，無論到何處，總是結伴在一起。

牠們快快樂樂地在雲霞中飛來飛去，直到夜晚才返回岸邊的沙地上睡覺。

鴛鴦珍視自己儉樸、幸福的生活，一點也不羨慕棲息在池塘中的鳳凰。

傳說鳳凰是靈鳥，鳳為雄鳥，凰為雌鳥，「鳳凰池」象徵富貴之家。

像這一首描寫夫妻之愛的詩，在唐詩中很少見，也是一首不可多得的好詩。

人生百歲也只是一瞬間，人生的痴情是出於自己的心。人生本來就很短促，怎麼能夠從早到晚自尋煩惱呢？人間變化無窮，應珍視時機，不要錯過良辰美景。

凡事有結果，必有原因，想要得到好的結果，就必須努力撒下好的種籽。從事農耕的人，最能從實際體驗當中瞭解這個道理。

一一七　砧聲引起秋怨

九月寒砧催木葉　十年征戍憶遼陽

（『唐詩選・三百首』沈佺期・古意）

這首詩是詩人沈佺期所作「獨不見」的頷聯，詩意是：

又到了九月秋末時分，陣陣擣衣的寒砧聲又催落了大地的樹葉，已經十年了，大君遠征到遼陽，音書全斷，只得遙遙相憶了。

砧聲通常被用來當作勾起秋怨的風物，而登場於詩歌的世界。丈夫遠征，音訊杳然，苦守家中的妻子思忖要不要送冬衣給丈夫禦寒的情景，在古詩中隨處可見，而詩中提到砧聲的，尚有：

「長安一片月，萬戶擣衣聲，秋風吹不盡，總是玉關情。」

——李白・子夜吳歌

「誰家思婦秋擣帛，月苦風淒砧杵悲，

八月九月正長夜，千聲萬聲無了時。」——白居易・聞夜砧

一一八、父親的心情

汝啼吾手戰　吾笑汝身長　處處逢正月　迢迢滯遠方　飄零還柏酒
衰病只藜床　訓諭青衿子　名慚白首郎　賦詩猶落筆　獻壽更稱觴

（杜甫・元日示宗武）

這首詩表現為兒子之成長而感到高興的父親的心情。是作者杜甫在次子宗武十六歲生日——也就是正月初一所寫的。詩意是：

你因看到我的手在發抖而哭，但是，我卻因看到你長大了而高興得不得了。我們經常遠離故鄉，不得不在四處過新年。最近雖然體弱多病，而經常病倒臥床，但是欣逢新春，柏酒仍然是少不了的。本想訓戒年輕的你，由於年老體弱，毫無建樹，感到非常慚愧。但是，要作詩我還是可以執筆的，現在為慶祝你的生日，來乾一杯吧！

杜甫當時病已嚴重，兩年後便過世了，無法再看著兒子成長了。

達觀的人看來，生與死是一回事，不必因活著而歡樂，因死亡而悲哀。

一一九、剪燭西窗

君問歸期未有期　巴山夜雨漲秋池　何當共剪西窗燭　卻話巴山夜雨時

（『唐詩選・三百首』李商隱・夜雨寄北）

李商隱離開家鄉遠赴桂林擔任一個卑微的小官，不料不多時，招聘他的長官下野了。因此，不得不為了求職而輾轉奔波於各地。一天，他因故逗留在四川省的東部時，由於思家心切，因而寫了這首詩寄給長安家中的妻子。詩意是：

你問我何時回家，連我自己也不知道，目前我在巴山之下，夜雨連綿，河水漲滿了池塘。不知何時才能和妳在西窗下剪燭談心，談談此刻我的心境？

這首詩將夫妻盼望相見的心意，遙相呼應地刻劃出來，表現出既悲哀又溫柔的夫妻之愛。

兩人一條心，就像利刃能切斷金屬；知心的話兒，便像蘭花那樣香。

一二〇、望月有感

時難年荒世業空　弟兄羈旅各西東　田園寥落干戈後　骨肉流離道路中
弔影分爲千里雁　辭根散作九秋蓬　共看明月應垂淚　一夜鄉心五處同

（『三百首』白居易・望月有感）

這首詩是作者白居易被貶為江州司馬時所作，敘述戰亂思念離散四處的骨肉至親，詩題很冗長，原文是「自河南經亂，關內阻饑，兄弟離散各在一處，因望月有感聊書所懷，寄上浮梁大兄，於潛七兄，烏江十五兄，兼示符離及下邽弟妹」。現為方便起見，精選其中心部分——「望月有感」。詩意是：

時勢多難，戰亂與飢荒使我們兄弟姊妹被迫分散在大陸各地。本來應該是快樂地相聚一堂共享天倫之樂的，現在大夥卻流離顛沛，分別看著明月懷念起家鄉的情景。

人們經常感嘆木槿花不能四季常艷，殊不知它的開放和凋謝，都是由於春風所造成的。

一二一、貧賤夫妻百事哀

昔日戲言身後意　今朝都到眼前來
衣裳已施行看盡　針線猶存未忍開
尚想舊情憐婢僕　也曾因夢送錢財
誠知此恨人人有　貧賤夫妻百事哀
（『三百首』元稹．遣悲懷二）

元稹三十一歲時，和他共同生活了七年的糟糠之妻去世了，這首詩是元稹所寫的悼亡詩——遣悲懷三首中之第二首。詩意是：

以前以玩笑口吻談到身後的一些打算，現在樣樣都到眼前來了，妳所留下來的衣服，我已施送給他人，如今都已穿得破損不堪了，但是，製作衣服的針線都還留存著，至今仍不忍打開看。

為了感念昔日情誼，我對婢僕也不禁憐疼起來，有時還夢見妳施送錢財給貧窮人家，往日的情景遂歷歷在目。

我深知死別是人生難免的，但是，一想到當年我們夫妻貧賤相依的情景，就感到分外哀痛！

一二二、送別出嫁的女兒

自小闕內訓　事姑貽我憂　賴茲託令門　仁卹庶無尤　貧儉誠所尚
資從豈待周　孝恭遵婦道　容止順其猷（『三百首』韋應物・送楊氏女）

作者早年喪妻，父兼母職地養育兩個女兒長大成人，這首詩是在大女兒出嫁時所寫的。

女兒將要上船了，姊妹情深依依不捨，妹妹緊緊抓住姊姊泣不成聲，但是，事到如今又有什麼辦法呢？接下來進入本詩主題，詩意是：

你自幼失恃，缺乏閨訓，希望妳到了夫家以後能得到婆婆的愛憐。因為妳出身寒門，所以嫁粧很難周備，希望妳能孝順翁姑，處事恭謹、遵守婦道，容態舉止都要守規矩才好！

不尊敬別人父母的人，肯定也不會敬重自己的父母。人家贊揚你，不足以使你變得更加美好；應當遵循的原則是，只要自己盡最大能力去做就是了。

一二三、以物寄相思

紅豆生南國　春來發幾枝　願君多采擷　此物最相思
（『三百首』王維・相思）

這首詩是對遠方的意中人表達相思之情的少女情懷，寫來婉轉含蓄，有餘音繞梁之妙。

紅豆原產於熱帶地區，屬豆科植物。據說是一個死了丈夫的女子，由於傷心過度而變成一顆樹，而她的淚也變成了紅豆，因此，根據這個傳說，紅豆也稱為「相思子」。

聽說最近在中國大陸，有些青年男女喜歡紅心型的塑膠片封住兩顆紅豆的垂飾互贈對方，作為信物。

而在從前交通不發達的時代，信件是唯一傳遞男女感情的橋樑，詩中的少女委婉地傳達相思之情，不直說相思而以物寄相思；予人別出心裁的感覺。

一二四、自古多情空餘恨

自嘆多情是足愁　況當風月滿庭秋　洞房偏與更聲近　夜夜燈前欲白頭

（魚玄機・秋怨）

魚玄機（八四三？～八六八年？）起初嫁給官吏李億做小老婆，因受到正妻的嫉妒而遭丈夫遺棄，只好皈依道教做了女道士，後來，她懷疑女僕和自己的情人私通，便痛責打罵而致誤殺了女僕，最後被處以死刑。詩意是：

多情只會招來哀愁，尤其是當我聽到秋風的聲音，以及仰望皓潔的月光時，悶悶不樂的情緒總是每下愈況。美好的時光總是非常短暫，怎不叫人惆悵哀怨呢？

同時代的詩人杜牧曾寫了一句膾炙人口的詩句：「多情卻是總無情」和這首詩類似，同樣是對愛情抱著悲觀的態度，她也因此而結束了短暫的一生。

人們的內心差異，和他們面貌一樣，存在千差萬別。正確地了解別人的人，可以說是智慧的；正確地了解自己的人，可以說是聰明的。

一二五、柳絮本是無情物

二月楊花輕復微　春風搖蕩惹人衣　他家本是無情物　一任南飛又北飛

（薛濤・柳絮）

作者薛濤原是長安的良家婦女，因為家道中落，只好到成都當妓女，晚年從良成了一名女道士，落落寡歡地結束了一生。

這首詩藉著柳絮來描述風月場所水性楊花的女子的心態。柳絮在中國大陸是一種報春的植物，春天一到，它們便會滿天飛舞，但，不到三、四天，它們又都突然消失了。柳絮的一舉一動看起來是那麼地無常，因而常被詩人引用代表無情的歡場女子。詩意是：

二月春天一到，柳絮便輕快地隨風飄蕩，而附著在人們的衣服上。它本來就是無情的東西，有時往南，有時朝北，但憑風向如何吹，它就如何飄。

一二六、至死不渝的愛情

相見時難別亦難　東風無力百花殘　春蠶到死絲方盡　蠟炬成灰淚始乾
曉鏡但愁雲鬢改　夜吟應覺月光寒　蓬山此去無多路　青鳥殷勤爲探看

（『三百首』李商隱・無題）

這一首也是膾炙人口的愛情詩，表達了相悅的兩情至死不渝的決心，尤其是頷聯最為意象鮮明，卻也深刻地刻劃出纏綿的愛情所帶來的痛苦。詩意是：

要和你相見固然很難，然而要分別更難，分別後的我，就像是柔弱無力的東風和逐漸凋殘的花兒。對你情深不渝，就像是春蠶，直到死仍不斷地吐絲，以及若不燃盡，淚水也不乾的蠟燭。

早晨照鏡子時只愁你那雲般的鬢髮可別變了顏色，夜晚吟詩時又惟恐月光淒寒了你的身子，你的住處應離我不遠，但願殷勤的鳥兒能代我經常地探視你，並傳遞我思念的情意。

腳踏二條船的人，希望能夠迎合雙方，殊不知這和遊戲一樣徒勞無功，結果二條船都不要你。

一二七、一寸相思一寸灰

賈氏窺簾韓掾少　宓妃留枕魏王才　春心莫共花爭發　一寸相思一寸灰

（『三百首』李商隱・無題）

李商隱的許多「無題」詩，大體上都是以男女之間的愛情為主題，這首詩也是其中之一。陳述胸中燃燒著的愛情愈強烈，悲痛也愈深。詩意是：

瑟瑟的東風挾帶著細雨吹來，荷花池塘外隱隱有輕微的雷聲。帳幔上懸掛著的金爐燒著薰香慢慢飄入幃內，玉井上的轆轤迴轉的汲水聲一一傳來，像金蟾雖堅，香燒可以使之霫入，井雖深，絲索都可汲引，為什麼唯獨我始終沒有機會贏得伊人芳心。當年賈氏從門簾偷看任掾史的美少年韓壽，得以緣合；宓妃遺留玉縷金帶枕給才氣橫溢的陳思王曹植，卻只是個夢想罷了。人間的離散遇合太難逆料了，相思有何用，徒增絕望罷了。

比目魚如果少了其中一隻，就不能向前游了。男女的愛情，應像流水那樣源源不斷。

一二八、象徵詩之先驅

錦瑟無端五十絃　一絃一柱思華年
莊生曉夢迷蝴蝶　望帝春心託杜鵑
滄海月明珠有淚　藍田日暖玉生煙
此情可待成追憶　只是當時已惘然

（『三百首』李商隱・錦瑟）

歷來對於此詩的解釋見仁見智，有人說是悼亡詩，有的認為是表達懷才不遇之感等等，以詩意看來，應屬悼亡詩較為貼切。

據說五十弦的瑟由於樂音太悲哀，而被某皇帝破為二十五弦，因而有人解釋作者的亡婦死時年僅二十五歲，正當錦繡年華。

作者以各種象徵筆法描寫和亡婦之間的離合悲觀，撲朔迷離，使人如墜五里霧中，因而眾說紛紜，產生各種不同的解釋。

總之，說它是哀悼一段感人至深的戀情，事後追悔時已悵然若有所失的悼亡之作，當與題旨不致相去太遠吧！當然，最重要的一點就是；此詩可說是一切象徵詩的先驅。

一二九、無限的追憶

獨上江樓思渺然　月光如水水連天　同來翫月人何處　風景依稀似去年

（『唐詩選』趙嘏・江樓書感）

獨自一人登上面臨大江的高樓，陷入無限的沈思。月光如水一般地清澈。茫然的夜景勾起了作者對於過去無限的追憶，曾經同來賞月的人兒，如今安在哉？過去的一切都被朦朧的夜幕籠罩起來，只有不可名狀的悲傷情緒逐漸擴大開來。

趙嘏（八一五～？）年輕時曾和一個女孩非常相愛，後來，因為進京趕考，那名女孩就被地方長官搶走了。他回鄉後獲悉此情，甚為難過，但是，除了終日嘆息外，根本無技可施，後來，長官後悔了，就將女孩送還趙嘏，據說他們再見的喜悅也非常短暫，因為女孩在回來後第三天便亡故了。趙嘏從此對她思念不已，直到臨終時還看見伊人「同來翫月」！

忠貞不渝的愛情是，海可枯，石可爛，但一對鴛鴦的心是不會改變的，它們生則雙飛，死則同死。

一三〇、嫦娥奔月

雲母屏風燭影深　長河漸落曉星沈　嫦娥應悔偷靈藥　碧海青天夜夜心

（『三百首』李商隱・嫦娥）

嫦娥是神射手后羿的妻子。傳說古時天空出現九個太陽，引起大旱災，后羿因射殺了八個太陽而觸怒了玉皇大帝，連妻室一起被流放到凡界。誰知嫦娥忘不了天界的生活，竟偷吃了西王母賞賜給后羿的長生不老藥，奔回月球。

這首詩也可看成是「無題」詩，作者藉著嫦娥而另有所寄託。詩的妙處在於由首至尾充滿了浪漫的綺想，設想拋棄自己而去的對方，必和自己一樣地孤寂，一樣的夜夜思念著對方。

「換我心，為你心，始如相憶深。」真正的愛情是心心相印的。「在天願作比翼鳥，在地願為連理枝。」夫婦感情如飴，相親相愛。

一三一、流離的憂愁是無窮盡的

離離原上草　一歲一枯榮　野火燒不盡　春風吹又生　遠芳侵古道

晴翠接荒城　又送王孫去　萋萋滿別情　（『三百首』白居易・草）

原野上繁茂的青草，年年枯落了又成長，秋天時野火燒之不盡，春風吹來時，它又滋生了，遠遠望去，如茵的芳草已蔓生到古道上了，一片青翠的草色在晴空映照下，幾乎和荒城的堡壘相連接了，此番又送王孫歸去，那茂盛的青草也充滿了無限的離情。

作者自幼就經常遷徙，深深體會流離的孤寂感，據說這首詩是作者十六歲時的作品。與其說這首詩是送別某特定的人，不如說是把別離的悲傷寄託於草而吟詠。又有一說是諷刺小人的詩，然而，個人觀點不同，見仁見智，您認為呢？

愛一個人，往往不知道他的缺點；憎惡一個人，經常忽略掉他的長處。你怎樣對待別人，別人也會用同樣的方法對待你。

一三二、勸慰友人

聖代即今多雨露　暫時分手莫躊躇

（『唐詩選・三百首』高適・送李少府貶峽中王少府貶長沙）

這首詩是作者為兩位被貶的友人送行而寫的詩。友人之一的李少府（縣尉）被貶到四川的巫峽附近，另一友人王少府則被貶到湖南的長沙，詩意是：

當今皇上非常聖明，如今只是暫時分手罷了，你們不去躊躇徘徊，儘管去吧！

至於這兩人為何左遷，吾人不得而知。『唐詩選』中所採錄的高適送別詩中，有很多首是安慰懷才不遇的友人。例如：

「莫愁前路無知己，天下誰人不識君！」

「莫怨他鄉暫離別，知君到處有逢迎。」

「有才無不適，行哉莫徒勞。」

最使人感到高興的事，是又認識了新知己；最使人覺得悲痛的事，是和朋友離別。交了高尚的朋友，就可以大力互相幫助而提高彼此的品德。

一三三、陽關三疊

渭城朝雨浥輕塵　客舍青青柳色新　勸君更盡一杯酒　西出陽關無故人

（『三百首』王維・渭城曲）

位於長安西北方的渭城是通往西域的門戶。作者為即將去安西都護府（新疆庫車）任職的朋友送行而寫了這首歌詞。詩意是：

渭城在經過一場晨雨之後，地上的塵土一片潤濕，客館裏映著柳樹的新枝，十分濃翠。

古代人們在離別時，有折取柳枝相贈的習俗。現在別離的時候就在眼前了，作者把無限的感慨寄託於歌詞後半的短短十四字中。其特色就是無言勝有言。這也就是此詩之所以能成為千古傳誦不已的最具代表性的別離之曲的主要原因。

此詩從唐代開始就以「陽關三疊」的特殊唱法流傳著，除了將末句「西出陽關無故人」反覆唱三遍外，也依時代之不同而講究各種不同的疊唱法。

一三四、歸隱南山

下馬飲君酒　問君何所之　君言不得意　歸臥南山陲　但去莫復問
白雲無盡時

（『唐詩選・三百首』王維・送別）

詩中，「白雲」象徵與世俗的紅塵無關，過著自然、樸素且自由的生活。

這首詩雖然是送別詩的形式，但是，實際上是道盡過著不如意的官僚生活的王維自身的苦衷。因此，最好能將它當成自問自答的詩來欣賞，否則其中的妙趣就要大減了。

「白雲無盡時」這一句詩，深刻地說出了所有鬱鬱不得志的人，心中無限的嚮往。「南山」依一般的說法，是指聳立在長安南方的終南連峰，王維的別墅也就在那山腳下。

古代的貴族王維，還有地方可逃，但是，現代無數的王維，要到那兒尋找「南山」呢？

一三五、送別友人

青山橫北郭　白水遶東城　此地一爲別　孤蓬萬里征　浮雲遊子意
落日故人情　揮手自茲去　蕭蕭班馬鳴

（『唐詩選・三百首』李白・送友人）

這首也是送別詩，詩意是：

青色的山巒橫亙在城北，清澄的水波繞著東面的城廓，在此分手之後，你將如無根的蓬草一般，獨自飄飛到萬里之外了，天上的浮雲正象徵著你此去的心情，而落日餘暉，則有如我的依依不捨之情，揮揮手，我們就在此相別吧，看著你漸行漸遠，只留下蕭蕭馬鳴聲。

蓬草，在中國大陸北方是一種常見的植物，秋天一到它就會枯萎，連根都斷裂了，凝結成一團，隨風四散，到處飛揚，予人淒楚的感覺，因此，常被詩人引用為遊子的代表。

一三六、溫柔敦厚之風

寂寂竟何待　朝朝空自歸　欲尋芳草去　惜與故人違　當路誰相假

知音世所稀　祇應守寂寞　還掩故園扉（『三百首』孟浩然・留別王維）

這首詩是孟浩然結束了京中庸庸碌碌的生活，回故里時留給王維的一首五言律詩。

孟浩然因為一句「不才明主棄」，而得罪了唐明皇，被放歸襄陽，深深感到知音難遇，在京又毫無建樹，因而萌生隱退之念。詩意是：

寂寥的官僚生涯，我究竟在期待什麼？每天都懷著一無所得的心情回家。真想就此回去過著隱居的生活，但是，想到要和你分別，心裏就好難受。當朝的官吏們誰能假以詞色？而世上的知音又實在太少了。算了！情願甘於寂寞，返回故園關起門扉，從此和宦途無涉。

毫不怨天尤人，詩中流露出溫柔敦厚的詩人之風。堪稱此詩之特色。

不自以為是的人，就會有很廣的見識。才是德的憑借，德是才的統帥。

一三七、和風土融為一體的離愁

故人西辭黃鶴樓　煙花三月下揚州　孤帆遠影碧空盡　唯見長江天際流

（『唐詩選・三百首』李白・黃鶴樓送孟浩然之廣陵）

作者李白在武昌的黃鶴樓送別孟浩然將往廣陵（揚州）時，寫了這首膾炙人口的以景襯情的好詩。

老友即將東去揚州，我在黃鶴樓為他送行，當時正是煙雨霏霏，花兒漫爛的三月時節。江上孤單的帆影逐漸消失於天空的盡頭，映入眼簾的唯有延伸到天涯的長江流水。

詩的前半部敘事，後半寫景，江上孤單的帆影，除了代表離人，也反映出李白的孤獨感，雖然沒有直接道出離情依依，然而一個「盡」字道出若有所失之感，一個「流」字，則表達了綿延不盡的離緒別愁。可以說是一首和風土人情融和為一體的送別詩。

一三八、送行朋友

積水不可極　安知滄海東　九州何處遠　萬里若乘空

（『唐詩選』王維・送秘書晁監還日本國）

日本派遣留學生阿部仲麻呂（秘書晁監）到唐朝來，為官數年之後，將回日本時，王維贈送他這首詩。詩意是：

水連著天，不知要延伸到何處？你的故鄉在東海之東，對我來說是個陌生的地方，九州到底有多遠呢？

送別的詩通常是從別離的地點和當時的情況寫起，但是，這首詩從一開始便嘆息日本的遙遠，由此可見作者對外國朋友的依依不捨的離情。接下來是對朋友的旅途感到憂心？

「向國惟看日，歸帆但信風，鰲身映天黑，魚眼射波紅。鄉樹扶桑外，主人孤島中，別離方異域，音信若為通。」

一三九、天涯若比鄰

城闕輔三秦　風煙望五津　與君離別意　同是宦遊人　海內存知己
天涯若比鄰　無為在岐路　兒女共沾巾

（『唐詩選・三百首』王勃・送杜少府之任蜀州）

這一首是送別的詩，勸勉對方不要為離別而悲傷，是杜少府將到蜀州（四川）赴任時，作者贈與他的詩。

開端是按送別詩的常規，由別離之地和目的地開始詠起——長安被三秦河山所夾輔，隨著浩渺的風煙遠望，和它相連的地方就是蜀地的五津了。

和你相別，不免要慨嘆，但是，為了美好的將來，只好到處飄蕩了。只要海內能有一兩個知己，就是各處天涯，也和比鄰一樣，既然如此，就不必像小兒女一樣，在分別的路途上洒淚共沾巾了。

樂觀的人容易長壽，憂愁的人往往短命。如果能善於思考，巧於耕作，就會很快迎來豐收。

一四〇、不速之客

主人不相識　偶坐爲林泉
莫謾愁沽酒　囊中自有錢
（『唐詩選』賀知章・題袁氏別業）

這首詩是作者以詼諧的筆觸，寫一個不速之客，未得到主人的允許，就來到他人庭園大模大樣地坐下來，暗示主人備酒菜請客。寫來機智橫生，活潑生動，似乎就是作者自身的寫照。杜甫的「飲中八仙歌」中提到「知章騎馬似乘船，眼花落井水底眠」，他為人灑脫，不愧被喻為「酒仙」。詩意是：

久仰！久仰！您的大名如雷貫耳，我被府上美好的庭園所吸引，不知不覺就信步而來了。

您不要擔心，不要為我準備酒菜，只要我有錢，那些吃的喝的，自然而然會源源不斷的。

別墅的主人袁氏，不知是何許人？我想，即使他是個道貌岸然的人，也會被這個厚臉皮的不速之客，惹得哭笑不得吧！

一四一、醉把他鄉當故鄉

蘭陵美酒鬱金香　玉碗盛來琥珀光　但使主人能醉客　不知何處是他鄉

（『唐詩選』李白・客中行）

羈旅生涯過久的旅人，當寂寞難以排遣時，常會藉酒澆愁，因此，往往在不覺中練得一身好酒量。

古代交通不方便，羈旅生涯的痛苦，往往超乎現代人的想像。唐詩中有許多以羈旅及別離之痛為主題的詩。像這首就是典型的例子。

「蘭陵」位於山東省南端，是個盛產名酒的地方；「鬱金」是西域所出產的香料。詩中運用了玉碗、琥珀等明亮的字眼，以強調酒的魅力。但是，對於好酒的人來說，只要有美酒就足夠了。

——只要能大醉一場，管他是他鄉、故鄉，這裏便是我的故鄉啊！

一四二、慨嘆興衰勝敗之無常

（李賀・金銅仙人辭漢歌）

天若有情天亦老

這首詩主要是慨嘆時世興衰的無常。

金銅仙人是漢武帝時，為供奉承露盤而建立的高達二十丈的仙人像。漢朝滅亡之後，魏明帝本有意將其遷移至洛陽，然而，據說當人們砍斷承露盤時。仙人竟流淚了。這句詩便是根據這個傳說而來。

「天若有情天亦老」，如果蒼天有情，也會因為過於悲嘆我的命運而衰老了。此詩可能是作者假託漢代，以慨嘆唐朝的逐漸衰敗吧！

火向上燒，水往下流；順應各自的特點，就可用火燒飯，引水澆田。人們應照事務的不同特點，正確加以利用。

不明亮的鏡子就照不出美麗的臉容，不良的土壤就無法長出茁壯的禾苗。正如交上不好的朋友，會受不好的影響。

一四三、月有陰晴圓缺

一年明月今宵多　人生由命非由他　有酒不飲奈明何

（『三百首』韓愈・八月十五日夜贈張功曹）

張功曹即張署，他和韓愈因抨擊朝廷稅賦過重而觸怒了皇帝，兩人皆被貶到偏僻的南方擔任縣令。兩年後朝廷發布大赦，但是他們兩人仍得不到赦免，僅被調到江陵府（湖北省）擔任功曹參軍與法曹參軍。

這首詩便是韓愈在抑鬱寡歡的心境下所寫的。——今晚月色真好，人生的順逆與月亮的圓缺一樣，不是人力所可左右的。既然如此，不如多喝些酒，免得辜負了一輪明月。

養生要少貪嗜好，保護自己要避免揚名，但是，不貪嗜好容易，做到不爭名就難了。

標杆彎曲，它的影子必然是彎曲的；水源清潔，流出來的水必然是潔淨的。上位的人，要做出好樣子，才能帶動下屬。

一四四、壺中日月長

一年始有一年春　百歲曾無百歲人　能向花前幾回醉　十千沽酒莫辭貧

（『唐詩選』崔敏童・宴城東莊）

崔敏童是盛唐末期人，城東莊是指長安東郊的別墅，這首是作者在該處設宴時所作的七言絕句，慨嘆人生短暫，不如多喝兩盅酒。

作者之兄催惠童，除了讚嘆弟弟的作品外，也作了一首類似的詩，被收錄在『唐詩選』中：

「一月主人笑幾回？相逢相値且銜杯。

眼看春色如流水，今日殘花昨日開。」

這兩首詩均談到人的一生中，能夠眉開眼笑的日子實在不多。生命像花一樣短暫，何不舉杯澆愁？或可暫忘痛苦。

你可知道，只有在遇到霜雪之後，才會看出松竹的心是不變的。也只有在逆境裡，才能看出一個人的真正品德。

一四五、淺嚐即止

一飲一石者　徒以多爲貴　及其酩酊時　與我亦無異　笑謝多飲者
酒錢徒自費
（白居易・效陶潛體詩）

這首是作者白居易四十歲時的作品。勸人飲酒當淺嚐即止，莫浪費酒錢，真不愧為「醉吟先生」。詩意是：

我經常在早晚各喝一杯酒後。或歌唱、或睡眠，一瓶酒尚未喝完，就已醉了好幾次。雖然量少，但是酒興濃，比做什麼都高興。像這樣一小杯、一小杯，心平氣和地喝，可以令人滌慮忘憂。

那些一次喝一石的人，固然可以藉此誇稱自己酒量好，但是，當他們喝醉時，與我又有何不同？因此，我不禁要嘲笑這些人，徒然浪費那麼多的酒錢，究竟是為了什麼呢？

蘭花喜歡長在幽谷，在無人欣賞的情況下，仍然發出芳香；君子就像蘭花，他修養自己，並不是為了名利。

一四六、山行

遠上寒山石徑斜　白雲生處有人家　停車坐愛楓林晚　霜葉紅於二月花

（杜牧・山行）

這首詩主在讚嘆楓葉的美麗。將楓別稱為「紅於」就是出於這首詩。

晚秋的日暮時分，杜牧沿著石子山路攀登，走到白雲湧出的高山下的民家前。句中的「車」有人說是指「轎」，也有人說是「步」字的誤寫。

晚霞中的楓林叫人看得心醉，而落霜中的紅葉，比春天盛開的花兒更紅，象徵忍辛耐苦邁入老境的人，有股內斂之美。讀者，您以為呢？

劈開松柏時則見其貞心，裂開的竹子則可看到它的紋理是直的。只有品德高尚的人，才在困境裡越顯出其堅貞的節操。

樸素的人，對待別人必然慷慨大方；節省的人，他的需求就少。純樸可以克服浮奢；冷靜可以克制暴躁。純樸正直的人必然忠誠老實，喜歡諂媚的人，最後必然失敗。

一四七、除夕夜感懷

旅館寒燈獨不眠　客心何事轉淒然　故鄉今夜思千里　霜鬢明朝又一年

（『唐詩選』高適・除夜作）

這首詩描寫客居異鄉的旅人的孤寂感。

在旅館的寒燈下，一個人難以成眠，由於思鄉的念頭纏繞不去，內心感到異常痛苦。

故鄉的家人，此刻必在思念遠在千里之外的我吧！明天我這個白髮老人，又將老一歲囉！

到了正月就又長了一歲，隻身在外的旅人無法和家人在歲末年終時聚首，實在是一件令人難過的事。戴叔倫（七八九年歿）曾作了一首「除夜宿石頭驛」的詩，也同樣享有盛名：

「旅館誰相問？寒燈獨可親，一年夜將盡，萬里未歸人。寥落悲前事，支離笑此身……」

一四八、悲天憫人

無定河邊暮笛聲　赫連台畔旅人情　函關歸路千餘里　一夕秋風生白髮

（『唐詩選』陳祐・雜詩）

陳祐，生卒年不詳。

「無定河」是流經陝西省北部的黃河支流，由於水流急，河的深度也不定，因而被稱為「無定河」。陳陶的「隴西行」也曾提到此河——「可憐無定河邊骨」，因此，留給人悲慘的印象。赫連台，據說是以殘忍聞名的匈奴單于赫連勃勃（四二五年歿）將屠殺逾萬個士兵的骷髏堆積起來而建立的高台。

西北邊疆古來經常有戰亂，多少將士為國犧牲，留下悲慘壯烈、蕭瑟的印象。此類詩歌無非是在痛斥戰爭的殘酷。流露出悲天憫人的人道精神，是值得野心者深思、反省的。

如果積疑而不能決斷，其謀略必定失敗；如果玩忽職守，必然使政事荒廢。該立刻辦的事情而遲疑不決，就會失敗。

一四九、唯有飲者留其名

君不見黃河水天上來　奔流到海不復回（『三百首』李白・將進酒）

這首「將進酒」也是勸人飲酒之詩，以黃河譬喻人生苦短，不如及時行樂，寫來洋洋灑灑、氣象萬千。

黃河之水一瀉千里，奔流到海裏便不再回頭。對著高堂上的明鏡悲歎自己增添了白髮無數，明明早上是一頭烏絲，怎麼到了傍晚竟然如霜雲般呢？人生得意時，就儘情享樂吧，不要讓酒杯徒然對著月亮，浪費了美景良辰。……自古以來，聖賢豪傑那一個不是一生寂寥落寞？只有那些好酒與懂得喝酒的人，才能流芳萬世。

這首詩充分流露出對人世無常的感慨，希望藉酒一澆胸中塊壘。豪爽的詩風，不愧出自詩仙之筆。

賢人、愚人都有嗜慾喜怒的感情，不同的是，賢人能夠節制，不使其超過一定限度；愚蠢的人，則是放縱這種感情，因此，往往造成了不可挽回的後果。

一五〇、酒不到劉伶墳土上

琉璃鍾　琥珀濃　小槽酒滴真珠紅　烹龍炮鳳玉脂泣　羅屏繡幕圍香風
吹龍笛　擊鼉鼓　皓齒歌　細腰舞　況是青春日將暮　桃花亂落如紅雨
勸君終日酩酊醉　酒不到劉伶墳上土　（李賀・將進酒）

劉伶是竹林七賢之一，傳說中很有酒量，無論到何處都攜帶酒瓶。他曾交代家人，萬一自己去世，一定要以酒陪葬。

李賀（七九〇～八一六年）是中國象徵詩的先驅之一。此詩和李白的「將進酒」，主題也相近，感覺美妙，不愧為早夭的奇才。

此詩詩文華麗，充滿了對於青春的愛惜之情。

唐詩中許多都是勸人及時行樂。多飲酒，並不表示詩人頹廢，而是有感於身處亂世，有志難伸，因而藉酒發抒心中的喟嘆。這是讀者在欣賞這一類詩時，當進一步了解的主題。

《小知識三》

面子比押韻更重要

史思明在洛陽稱帝，自命為大燕皇帝時，封自己的兒子為懷王，任官於河北。有一年櫻桃成熟時節，史思明派人送櫻桃到河北，並附了如下的詩：

「櫻桃一籠子，半赤已半黃，一半與懷王，一半與周至。」

史思明的親信看了讚嘆不已，有名士兵卻說：

「如果將第三句和第四句對調，那麼詩韻就更協調了！」誰知史思明聽了竟然勃然大怒：「難道要把我兒子置於周至之下嗎？」

原來，周至是懷王的侍從。

一五一、丹心成灰

南中雖可悅　北思日悠哉　鬒髮俄成素　丹心已作灰

（『唐詩選』宋之問・早發始興江口至虛氏村作）

宋之問（六五六？～七一二年）在則天武后政權瓦解時，被降職調到瀧州（廣東省）。這首詩就是敘述他在旅途中的感慨，前半首描寫旅途中的景物，給人留下美麗的印象；而後筆鋒一轉，敘述自己思慕故鄉之情。

南方的風土人情固然美好，但是，我思慕故鄉之情卻日益嚴重。現在黑髮忽然變白了，熱情也已冷卻為灰燼，只希望早日回到故鄉，過著自由自在的隱居生活。

不久後，他棄官逃回洛陽，為了逃避棄職的罪嫌，竟然將藏匿自己的恩人出賣了，真是恬不知恥的小人。

鳩鳥附著鷹隼那樣的翅膀，小羊披著豹子的皮，雖然它們的外表很相似，但其本質卻完全兩樣。觀察事物時，應由表及裏，不要被表面的東西迷住眼睛。

一五二、處於絕望的孤獨中

南浮漲海人何處　北望衡陽雁幾群　兩地江山萬餘里　何時重謁聖明君

（『唐詩選』沈佺期・遙同杜員外審言過嶺）

和宋之問有著同樣行徑的詩人——沈佺期和杜審言，後來也被流放到遙遠的南方。沈佺期被流放到越南中部的驩州，杜審言則被貶謫到河內北部的峰州。這一首是稍遲動身的沈佺期，在即將越過五嶺時，為懷念杜審言而寫的詩。詩意是：

聽說你是搭船遠走南海（漲海）而去，現在不知你身在何處？眺望北方衡陽的天空，只見一群雁兒正折返回去，有關於你的信息，大概無法到達這個地方吧！（衡陽附近據說是雁子南下的盡頭）。

然而，雖然相隔兩地，他們仍不放棄絲毫的希望。一年之後，他們兩人均獲赦免而返回京都了。

自古以來，正直的人之所以未能保全貞節，都是由於未能堅持到底，被性格上的軟弱所擊敗。

一五三、似慰藉、似憂愁的微妙心境

移舟泊煙渚　日暮客愁新　野曠天低樹　江清月近人

（『三百首』孟浩然・宿建德江）

這首詩是描寫秋夜裏不可捉摸的淡淡旅愁。

「建德江」是流經浙江省的錢塘江上游，這首詩是作者在船上之旅所寫的。作者所搭乘的船逐漸航向岸邊，在日暮時分，對著江山景色，不禁引起惆悵之感。

在沈思的旅客眼中，一望無際的天空和無邊無際的原野連成一片，看起來像是樹林中低垂的樹梢。而浮現在清澄江上的月影，也彷彿愈來愈靠近自己。宛如觀賞電影一般，時間與情景的推移，使得旅途中的憂愁不覺中流逝在茫然的天地裏。

僅僅十個字，就將心中似慰藉、似憂愁的微妙心境描寫得淋漓盡致，確實精巧出色，予人耳目一新之感，實為不易。

一五四、淡泊名利

獨憐幽草澗邊生　上有黃鸝深樹鳴　春潮帶雨晚來急　野渡無人舟自橫

（『三百首』韋應物・滁州西澗）

這首詩是作者韋應物在滁州（安徽省）任職時所寫的。「滁州西澗」的「澗」是指兩山之間的流水，也就是指山谷中的溪水。

作者輕描淡寫的表現溪水的景致，卻深刻地傳達了暮春時節，到處充滿了寂寥的感覺。雖然這是極其平常的情景，但是，透過詩人的眼睛，竟然成為一幅名畫，而孤寂，平靜地橫陳在水面上的小舟，也正是作者厭惡名利、追求平淡的心境的最佳寫照。

只有經過狂風的考驗，才知道哪種草是強勁的；只有在動蕩的年代，才能發現忠臣。一心拼命鑽營，只求功名利祿，又怎能保持自己的品格呢？

堅冰開始於履霜的時候，高大的樹是由小芽長成的。好的樹木就憑它的本性栽種，它不會長出彎曲的旁枝。

一五五、懷鄉心切

床前明月光　疑是地上霜　舉頭望明月　低頭思故鄉

（『唐詩選・三百首』李白・靜夜思）

這首詩表達被月光所觸發的懷鄉之情。李白在二十多歲便離開故鄉——四川，所以，月亮對李白來說，是終生不變的好朋友，也是他心中的故鄉。詩意是：官旅生涯總是不能好睡，從淺睡中醒來，只見床前一片清瑩的月光，讓人誤以為是地上的雲霜。

抬頭看看窗外，原來是月亮高空掛，不由得令人懷念起故鄉。

作者將心境的轉變——由半睡眠狀態至覺醒狀態，轉移到望鄉之情，表現得極為自然。實在為童嫗皆解的好詩。

人不是生下來就具有知識的，怎能沒有疑難問題呢？有了疑難問題，不向老師請教，最後還是不明白到底是怎麼回事。

一五六、淒美感人意境

風急天高猿嘯哀　渚清沙白鳥飛迴　無邊落木蕭蕭下　不盡長江滾滾來
萬里悲秋常作客　百年多病獨登台　艱難苦恨繁霜鬢　潦倒新停濁酒杯

（『唐詩選・三百首』杜甫・登高）

這首詩是作者杜甫晚年寓居於面臨三峽的夔州，某一年秋天登高時所作的。全篇以對句構成，結構嚴謹，而且幾乎每一句都是名句，實在是不可多得的好詩。

以「猿嘯哀」、「鳥飛迴」表現蒼涼的秋景，並以視覺和聽覺兩方面來呈現無限的時間與空間，詩的前半寫景、後半敘情，情景交融。

杜甫的晚年可謂窮愁潦倒，因此，作品泰半表現深刻嚴肅的心境，而且避免陳腔爛調地發牢騷，因此，作品能給讀者一種淒美的感覺。

一五七、莫流連女色

知君書記本翩翩　爲許從戎赴朔邊　紅粉樓中應計日　燕支山下莫經年

（『唐詩選』杜審言・贈蘇綰書記）

這首詩是作者贈友人蘇綰將赴節度使書記前所作的。

「燕支山」位於甘肅省中部，是胭脂原料的名產地。說到此地，不禁令人想當然耳的認為此地必是許多美女薈萃之處。據說杜審言為人傲慢，又愛嘲弄他人，因此，有人認為這首詩可能是作者戲弄蘇綰，希望他不要流連燕支山下而置妻不顧，要知道她可是終日屈指數日子，巴望丈夫早日回家呢！

大哲學家蘇格拉底的懼內，舉世皆知；而孔夫子也有「唯女子與小人難養也」的喟嘆。可見希望自妻子那兒暫時獲得解放，是天下男子的共通心理啊！（一句題外話，讀者不妨一笑置之。）

誰能效法太陰、月亮的運行不息，便可充分領悟到「清新」的道理。那些心惡面善的偽君子，有如貓犬沒有怕聞腥味的，卻要偽裝乾淨。

一五八、北國之春

五原春色舊來遲　二月垂楊未掛絲　即今河畔冰開日　正是長安花落時

（『唐詩選』張敬忠・邊詞）

這首詩是張敬忠投效軍旅屯駐於五原（內蒙古五原縣）時所寫的，敘述自己身在邊境，卻懷念都城春天的思鄉情懷。

五原位於鄂爾多斯山之北，也是黃河流域的最北端，這一帶春天來得比較遲，甚至到了農曆二月，楊柳都還沒有長出新芽。而一旦冰封的黃河破裂而流動時，也正是冬天即將結束的徵兆。此時，長安想必已是花落的季節了。

作者處於國力強盛的初唐末期，北境安泰，因而除了望鄉之情，還有欣賞北國春景的閑情逸致，這首詩就是在這樣的時代背景下所寫的。

贊譽名聲不會憑空產生，禍患災難也不會無故出現；幸福並不只降臨在那些特定的家庭，災禍也不會無緣無故地找到你的頭上。

一五九、春思

紅粉當壚弱柳垂　金花臘酒解酴醾　笙歌日暮能留客　醉殺長安輕薄兒

（『唐詩選』賈至・春思二）

賈至（七一八～七七二年）的七言絕句「春思」共有二首，前一首是敘述無限的春愁；如：「東風不為吹愁去，春日偏能惹恨長」。而第二首的詩意則是：以胭脂打扮得花枝招展的美女站在酒館門口，店前柔軟的柳枝，在春風的吹拂下婀娜多姿的搖盪著。當此美景良辰，飲著浮著金色花瓣的美酒，想必能一醉解千愁吧！

「壚」是隆土而置酒甕，燙酒的地方，通常設於店門口。目前中國大陸某些城市仍有這樣的酒店。但是，與詩中情景不同的是，為客人斟酒的不是打扮得花枝招展的美女，而是樸素無華的婦女，不像工商業社會中的酒家，留給人的只是空虛的感覺。

一六〇、曲調哀愁的胡笳

邊城夜夜多愁夢　向月胡笳誰喜聞

（『唐詩選』岑參・胡笳歌送顏真卿使赴河隴）

胡笳是西域的管樂器之一，曲調哀愁，常使遠從樓蘭的健兒們聽了為之哀傷不已。

顏真卿是以書法聞名天下的歷代忠臣之一。河隴即今甘肅省中部。

當由天山吹下來的西北風呼嘯而過時，蕭關（通往西域的軍事要地）也有了秋的涼意，月亮斜落在崑崙山時，胡人就要對月吹胡笳了。在邊境戍守的士兵們怎忍傾聽這種哀傷的曲調呢？

這首詩是作者岑參在宴席上所寫的，由於胡笳的曲調哀怨，因而被當時人用以吹奏送行的曲調。

一六一、春曉

春眠不覺曉　處處聞啼鳥　夜來風雨聲　花落知多少

（『唐詩選・三百首』孟浩然・春曉）

這首詩是歷來最為膾炙人口的名詩之一，描寫春天的安閑氣息，內容精簡，非常大眾化，老嫗皆能上口。此外，它還有一個特色，那就是作者深深地掌握住一種感傷花落的情懷。由於作者輕描淡寫地點出這種心境，自然地形成一縷淡淡的，不可捉摸的春愁，因此能感人肺腑，歷久彌新。

舉王維的「田園樂」，和此首同樣具有「詩中有畫」的特色，茲提出以供讀者參考！

「桃紅復含宿雨，柳綠更帶春煙。
花落家僮未掃，鶯鳴山客猶眠。」

人分兩地時，彼此想念得不得了，好像有好多話要說，但一旦見面了，又不知從何說起，反而無語對坐。

一六二、禾黍之悲

返照入閭巷　憂來誰共語　古道少人行　秋風動禾黍

（『唐詩選』耿湋・秋日）

耿湋（七三四～？）是中唐初期的詩人，祖籍河東（山西省），因此，詩中可能是描寫華北的農村景致。

大陸北方，大體上是黃土與石子的土地，而農家則是由凹凸的土牆構成。當太陽高照農村時，作者懷著不可名狀的哀傷佇立，卻無人可以傾吐，荒涼寂寥的道路上杳無人跡，雖有禾黍在秋風吹拂下獨自低語。

看似敘景的詩，事實上，有人將其解釋為：「此詩乃是根據殷朝滅亡後，王族之一的箕子詠嘆亡國之音——『禾黍油油也』的典故而來。」意即慨嘆古道逐漸式微了。

笑臉相向未必就是知心人，哭聲震天未必心裡就真的悲痛。過信於人，就可能上當受騙；過疑於人就會無中生有，冤枉好人。

一六三、喜與自然為伍的漁翁

漁翁夜傍西巖宿　曉汲清湘燃楚竹　煙銷日出不見人　欸乃一聲山水綠
迴看天際下中流　巖上無心雲相逐　（『三百首』柳宗元・漁翁）

這首詩是作者柳宗元被流放到永州以後所寫的，象徵對官僚社會的絕望與孤高的情操。詩意是：

「漁翁將船停泊在山崖之下過夜，清晨起來便汲引這清澈的湘江水、燒著楚地的竹片做起早飯。

不久，晨煙消散、太陽升起，然而放眼四顧，江上空無一人，搖櫓欸乃一聲，但見山光水色一片翠綠。

船兒順水而下，遙望天際，山崖之上只有片片白雲互相追逐著。」

事情不適合法度，就不要去幹。做事必須想到它的結果，考慮問題要防止意外發生的事情。

一六四、追求空靈的境界

千山鳥飛絕　萬徑人蹤滅　孤舟蓑笠翁　獨釣寒江雪

（『三百首』柳宗元・江雪）

這一首也是作者柳宗元被放逐到永州時所寫的。與前一首「漁翁」一樣，是表明自己孤高、不同流俗的處世態度，與自然詩的大師王維、孟浩然、韋應物之詩相比毫不遜色。

詩中把一個孤獨的老翁置於無聲的世界，使得自然界愈發地寂靜，而老人也愈發的顯得孤獨，然而，與世隔絕的漁翁，忍受著孤寂，追求心靈上的平靜與空靈，或恐就是作者自身的寫照吧！

如果人生在世，只是為了博得給人看得舒服，這對你的終身事業，又有什麼好處呢？凡有大志者，不應當被世俗的眼光所束縛。

一六五、山寺的早晨

清晨入古寺　初日照高林　竹徑通幽處　禪房花木深　山光悅鳥性
潭影空人心　萬籟此都寂　但餘鐘磬音

（『唐詩選・三百首』常建・破山寺後禪院）

這首詩描寫山中寺廟予人一種心澄慮靜的感覺，是作者常建造訪破山（在江蘇省）興福寺後的禪院時所寫的。詩意是：

在清晨時走進了古廟，初昇的太陽正照耀在高處林間。從曲折的小徑通往幽遠的禪房，只見花木扶疏，十分茂盛。

優美的山光愉悅了鳥兒，深潭的清影使人們滌盡萬慮。萬籟俱寂的空山裏，但聞廟裏傳來的磬聲。（磬是『乀』字形的石板，佛具的一種）。

當春天來到人間的時候，無論走到哪裡，隨便都能認出春天的面影，因為那萬紫千紅的百花正在競相鬥艷，互為爭芳，這都是春光點染而成的。

一六六、山寺的夜晚

香閣東山下　煙花象外幽　懸燈千嶂夕　卷幔五湖秋　畫壁餘鴻雁

紗窗宿斗牛　更疑天路近　夢與白雲遊（『唐詩選』孫逖・宿雲門寺閣）

這首詩描寫山寺的清冷，是作者孫逖（六九六?～七六一）夜宿於浙江省紹興縣東山的雲門寺時所寫的五言律詩。詩意是：

山寺位於東山之下。四周被濃霧所籠罩，深奧得令人有如置身世外桃源。當夜幕低垂於聳立著的連峰時，佛寺也點上了燈。將幔子輕捲起來時，只覺太湖的秋氣正靜悄悄地輕拂過來。

壁畫已斑剝破舊，隱約只看到些許鴻雁在空中飛行。以薄絹製成的窗戶上，掩映著北斗與牽牛的星影。

入睡之後仍覺得自己好像是正往青天的途中，迷離之中夢見自己正騰雲駕霧、遨遊天際呢！

一六七、達到真妄一如的境界

高高峰頂上　四顧極無邊　獨坐無人知　孤月照寒泉　泉中且無月
月自在青天　吟此一曲歌　歌中不是禪　（寒山）

這首詩以「美」的感覺表達深奧的哲理，是禪或非禪，見仁見智，稱得上是一首耐人尋味的禪詩。

日本的良寬法師曾說：「妄與道一切妄也，真與道一切真也。真外更無妄，妄外別無真。」即指一切的存在，只是一種假相，也可以是一種真相，事實上，並無絕對的標準。而此詩則是超然地表達了真妄一如的境界。

「煩惱即菩提」，是佛教根本的哲學思想。天下本無事，庸人自擾之。天上明月與水中之月，孰真？孰假？如果是真的？為何那麼的遙不可及；如果是假的，又為何美得醉人，令人歌頌不已，甚至不惜水中撈月，以償夙願呢？

登上高處，能使人思想遐遠，到了深水邊，能使人心志清幽。

一六八、隱士的境界㈠

綠樹重陰蓋四鄰　青苔日厚自無塵　科頭箕踞長松下　白眼看他世上人

（『唐詩選』王維・與盧員外象過崔處士興宗林亭）

這首詩是作者王維和員外郎盧象相偕拜訪深居林中的處士崔興宗時所寫的。前半敘景，同時也暗示崔處士淡泊名利的節操。

科頭就是頭巾，箕踞是盤腿而坐，都是指忽略世俗禮法的態度。白眼的由來是由於竹林七賢之一的阮籍，在面對親友時以黑眼看人，對不屑一顧的人則以白眼相加。詩意是暗示崔處士孤絕於世俗之外的生活態度。

古代的隱士未必都是遁世之人，他們只因對人生和社會抱著懷疑的態度，所以將自己置身於世俗之外，但是，一旦有機會給予世俗一些嚴厲的批判時，仍會不惜一切挺身而出，崔處士大概也是屬於這一類型的人吧！

先去掉私心，然後才可以管理公共的事務；先不抱有成見，然後才可以聽別人講話。

一六九、隱士的境界㈡

松下問童子　言師採藥去　只在此山中　雲深不知處

（『唐詩選・三百首』賈島・尋隱者不遇）

和前詩對照來看，此詩是描寫遁世者生活態度的脫俗。松樹的挺拔孤高，常被文人用來譬喻君子高尚的節操。此詩也不例外，充分表現隱者不同流俗的完美人格。

此詩獨到之處就是在於透過童子的轉述，表現出隱者飄然、卓爾不群的風貌，實在是不可多得的絕妙好詩。

和前首詩不同的是，這類隱士完全不同流俗，抱著絕不過問世事的超然立場，隱居深山中，自在且逍遙地與自然為伍，世事變遷對他們來說，不過如風過耳際，絲毫不著痕跡。

沒有世俗的慾念，就會心境平和，心境平和，就會變得明察。不守信義必然惹禍，失去援助必然敗亡。

一七〇、高風亮節

西陸蟬聲唱　南冠客思深　不堪玄鬢影　來對白頭吟　露重飛難進
風多響易沈　無人信高潔　誰爲表予心（『三百首』駱賓王・在獄詠蟬）

這是一首懷才不遇者怨嘆自己的真誠、理想與高見不能受到皇上採納的怨嗟之詩。

作者駱賓王在則天皇帝執政時期，屢次上書批判政治，卻被小人所陷而下獄。在獄中常聽到蟬鳴，因而將滿腔的悲憤寄託於蟬，以表達自己的忠貞。

西陸是表示秋天，南冠表示囚犯。秋天裏聽到蟬兒吟囀，使被關在獄中的我的愁思益加的深痛蟬兒呀！我一聽到你振動著薄薄的翅膀而鳴，頭上的白髮就越來越多了。露水凝重，你的薄翅一旦沾上，想必很難飛得進來吧，偏偏此時又有陣陣風兒吹來，使得你的吟聲也被壓抑住了。有誰能相信我和你一樣懷有高風亮節，又有誰能為我表達一片赤誠呢？

一七一、祥龍獻瑞

龍池躍龍龍已飛　龍德先天天不違　池開天漢分黃道　龍向天門入紫微

邸第樓台多氣色　君王鳧雁有光輝　為報寰中百川水　來朝此地莫東歸

（『唐詩選』沈佺期・龍池篇）

這是一首讚揚天子德政的詩。

唐玄宗在沒有登基前的宅邸在龍池池畔，登基後此宅邸被稱為興慶宮，玄宗並派人作詞祭祀龍神。詩人據此而寫了此詩，以頌揚玄宗即帝位乃天意所歸。詩意為：

據說有人曾目睹龍池之中黃龍飛昇的情景，現在那條龍已昇天了，龍是祥瑞的徵兆，而我們的君王也正眾望所歸而登基了。池水和天河連接，與太陽軌道相接，而龍則進入天帝之座的紫微宮。

源遠流長的興慶宮，現在被祥瑞之氣所籠罩，在池上嬉游的水鳥，也顯得格外光輝。我要忠告天下百川，今後不必再流到東海，而匯集到君王所在地的這個龍池吧！

一七二、黃鶴已杳

昔人已乘黃鶴去　此地空餘黃鶴樓　黃鶴一去復不返　白雲千載空悠悠
晴川歷歷漢陽樹　芳草萋萋鸚鵡洲　日暮鄉關何處是　煙波江上使人愁

（『唐詩選・三百首』崔顥・黃鶴樓）

黃鶴樓位於長江畔武昌境內的一個高台上。傳說曾有仙人在樓壁上用橘子皮在描繪黃鶴，後來這隻黃鶴竟然隨著酒客打拍子而翩翩起舞。此樓已在一九八五年擴大規模重建了。詩的大意是：

昔時的神仙已乘黃鶴而去了，此地只剩下落寞的黃鶴樓。黃鶴一去就再也不復返，只有白雲在千年後的現在仍然和當年一樣，悠閒自在地飄著。

天氣晴朗時，在燦爛的陽光下，對岸漢陽的樹林就鮮明地浮現出來；江岸沙洲上的綠草也分外地茂盛。正感慨不已時，不覺黃昏已近，江上濃霧瀰漫，使人看不清家鄉景致，不覺令人感到哀愁起來。

一七三、浮雲蔽日

鳳凰台上鳳凰遊　鳳去台空江自流　吳宮花草埋幽徑　晉代衣冠成古丘
三山半落青天外　二水中分白鷺洲　總為浮雲能蔽日　長安不見使人愁

（『唐詩選・三百首』李白・登金陵鳳凰台）

這是一首慨嘆歷史變遷無常以及時世衰微的詩。

金陵（南京）是自吳國以來歷經六朝四百年的故都。傳說金陵南方的山上，曾有鳳凰群集，此處的鳳凰台即因而得名。這首詩是李白登鳳凰台時有感而發的詩。詩的大意是：

傳說鳳凰台上曾有鳳凰盤旋，鳳凰走後，台上一片空寂，唯有長江的水仍然不停地流著。當年繁盛一時的吳王宮殿，現在已埋沒在幽黯的小徑中。東晉時渡江而來的衣冠之士，如今也已化為塵土了。

放眼一看，三山的峰巒一半遠接天際，兩條水流被白鷺洲所中分。浮雲遮蔽了太陽，使人因看不見長安而心生愁悶。

一七四、國破家亡的悲哀

（『三百首』杜甫・春望）

國破山河在　城春草木深

詩人杜甫被安祿山的叛軍所擒，並被拘留在長安城內，因而作了這首詩。此詩非常膾炙人口，日本著名的「俳句」大師芭蕉也曾引用此詩，以強調人世之無常。

原詩之「國」與「城」皆是指長安，宋朝司馬光認為「國破山河在，城春草木深」是描寫遭到劇烈破壞而杳無人跡的首都，極其荒涼的春天景色。

司馬光說：「古人為詩，貴乎意在言外，使人思而得之。如春望詩，國破山河在，明無餘物矣；城春草木深，明無人跡矣。花鳥平時可娛之物，見之而泣，聞之而悲。則時可知矣。」

聽君子的議論，好像喝了苦茶；苦味過後，就會感到滿口甘甜芳香。文章貴在獨創新體，立意新穎，不能人云亦云。

一七五、人生愁恨何能免？

明眸皓齒今何在　血污遊魂歸不得　清渭東流劍閣深　去住彼此無消息
人生有情淚沾臆　江水江花豈終極

（『唐詩選・三百首』杜甫・哀江頭）

這首詩主要是說作者在曲江畔緬懷唐玄宗全盛時代的往事，杜甫瞞著賊軍的耳目往訪曲江，為往事悲歎，因而作了這首詩。詩的大意是：

當年楊貴妃經常陪著玄宗逛遊御花園，使這兒的景物憑添了許多光彩。然而，貴妃那明亮的眼神、皓潔的牙齒如今在那兒呢？一身的血污、飄蕩的靈魂，如今已再也回不來了。

澄清的渭水向東流去，劍閣一片陰森，彼此之間的消息早已斷絕了。人生原本是有情的，想到這兒不免涕泗縱橫，心中的愁恨正如那江上日夜流逝的水波以及江岸年年綻放的花朵，那有終止的時候。

聰明的人，隨著時代的變遷而改變策略；富有智慧的人，按照當世的情況來制定治理國家的方法。

一七六、情真意切

前年戍月支　城下沒全師
蕃漢斷消息　死生長別離
無人收廢帳　歸馬識殘旗
欲祭疑君在　天涯哭此時（『三百首』張籍・沒蕃故人）

詩題「沒蕃故人」的「蕃」是指吐蕃的領域。吐蕃是唐代最大的強敵；「月氏」都督府設置於現在新疆省塔克吉自治縣之西的阿富汗領土上。詩之大意如下：

突然傳來戍守在月氏的全軍都覆沒了的消息，從此蕃地和漢土斷絕了關係，一生一死長相別離。

沒有人收拾那兒廢棄的營帳，只有那迷失了歸途的馬兒，還認識那殘留下來的旗幟。

現在，我想祭奠你，又懷疑你可能仍活在世上，只能遙望遠方慟哭一場了。

最後一句寫來最為感人，作者抱著一線生機，不敢祭弔故人，可見其友情之真切。

一七七、旅夜書懷

細草微風岸　危檣獨夜舟　星垂平野闊　月湧大江流　名豈文章著
官應老病休　飄飄何所似　天地一沙鷗

（『唐詩選‧三百首』杜甫‧旅夜書懷）

這首是以夜景表現天地雄偉的名詩，是作者杜甫五十四歲時寫的。當時他正在離開成都而下長江的途中，此詩即在敘述行程中夜晚的懷思。

身邊的荒涼景物，正可用來比喻自身的無依無靠。詩的大意是：

微風吹拂著岸邊的細草，夜裏，一葉孤零零的小舟，獨自停泊在岸邊。

遼闊的平原上，只見群星低垂，月光浮沈在洶湧的大江上。

我並不想藉著文章而顯耀，哀老多病的我，已沒有機會做官，早該退休了。

唉！我這漂泊的一身像什麼呢？不過是像天地間的一隻沙鷗罷了。

如果時序亂了，就不能成歲；要是地行不信，草木也就無法生長壯大。人如果不講誠信，則什麼事都辦不成。

一七八、花無百日紅

紫陌紅塵拂面來　無人不道看花回　玄都觀裏桃千樹　盡是劉郎去後栽
（『唐詩選』劉禹錫・自朗州至京戲贈看花諸君）

劉禹錫（七七二～八四二）和柳宗元等，由於推行政治改革運動失敗，而在湖南的朗州渡過了十年的流放生活。這首詩是敘述他獲得赦免返回都城時，看到桃花名勝——「玄都觀」而發抒的感歎。

詩的前半部描寫玄都觀遊客如雲，興旺熱鬧的情形；後半部感歎這些壯觀的桃樹，都是在他去京以後所栽種的。

他原本只要潔身自好莫管閑事，應還有復職的機會，誰知竟因作了這首詩又得罪了他人，再度遭致流放的命運，甚至被流放到比上一次更遠的連州（廣東省）。十四年後當他再度返回京城，再前往玄都觀時，發現竟然連一棵桃樹也沒有了。因此又再作了一首詩說：「種桃道士歸何處，前度劉郎今又來。」以桃樹的興衰描寫人事的變遷，令人慨嘆不已。

一七九、春日的山路

宜陽城下草萋萋　澗水東流復向西　芳樹無人花自落　春山一路鳥空啼

（『唐詩選』李華・春行寄興）

這首詩是描寫閒遊山路、觸景生情，不由得湧出來的春愁。作者李華（七一五～七六六）是以寫「弔古戰場文」而著名的散文大師。詩的大意是：

宜陽城的郊外遍地都是青綠的嫩草，小溪向東流去後又向西流。宜陽位於洛陽西南，是面臨洛水中游的縣城。唐代最大的行宮之一——連昌宮就位於此。但是，經過安史之亂的戰火肆虐後，現已荒廢了。因此，這首詩通常都被認為是敘述戰後的感慨。然而，這雖是非常有力的推理，但卻沒有明確的證據。

這首詩可與六朝詩人所寫的「鳥鳴山更幽」相媲美，但是，李華的詩更具有一股不可名狀的孤獨感。

作品要傳人之神，必須讓所描寫的對象處於自然狀態中去觀察他。

一八〇、意盡而餘味無窮

終南陰嶺秀　積雪浮雲端　林表霽色明　城中增暮寒

（『唐詩選・三百首』祖詠・終南望餘雪）

詩題「終南望餘雪」是作者祖詠參加科舉考試時的考題。據說祖詠（六九九～七四六？）應試時只寫了四句就交卷了，然而科舉的規定，必須是十二句的五言排律。有人問他為何寫得如此之短，他僅以二個字回答對方：「意盡」，也就是意思完整，無須再添加任何句子了。

仔細品味他的詩句，的確是達到了「意盡」而餘味無窮的境界。試看其由「殘雪」，筆鋒一轉而為「化雪」，實在是太美妙了。詩的大意是：

終南山的北面，山色十分秀美，上面積的雪，看起來幾乎是浮在雪上當樹林映著晴光時，夜暮低垂的長安也增添了幾許寒意。

一八一、秋思

中庭地白樹棲鴉　冷露無聲濕桂花　今夜月明人盡望　不知秋思在誰家

（『唐詩選』王建・十五夜望月）

這首是作者王建贈與友人的詩。

庭院的地面在清明的月光照映下呈現白色，烏鴉也已進入巢裏，——如果月光過於明亮，鳥兒是無法安眠的，可見作者在庭院已站了很久了，不覺中涼濕的露水已降下，沾濕了桂花。這二句都是暗示時間的經過，同時從視覺（地白）、聽覺（樹棲鴉）、觸覺（冷露）、嗅覺（桂花）等感覺來表現秋夜，留予讀者極為深刻的印象。

是否所有的人都在欣賞今夜的明月？並留下刻骨銘心的秋思？

言外之意當然是指作者本身，實在是一首別出心裁的好詩。

不斷地累積一勺一勺的水，就能成為江河，長期地累積一點一點的土粒，就會堆成高山；沒有志向，沒有勤奮，就什麼也幹不成。

一八二、月夜的懷思

青山隱隱水迢迢　秋盡江南草未凋　二十四橋明月夜　玉人何處教吹簫

（『三百首』杜牧・寄揚州韓綽判官）

這首詩充滿了懷舊之情。作者杜牧在揚州任職時，鎮日吃喝玩樂，韓綽是他當時的同事兼酒友。這首詩便是他寫給韓綽的敘舊詩。

前二句敘述對江南美景的無限懷思。「二十四橋」的典故據說是因昔日有二十四名美女在橋上吹簫而得名。

「玉人」可能是指以前和作者過往甚密的美妓。詩的大意是：

青山隱約，水路迢迢，秋天快要過去了，而溫暖的江南草兒應還未凋謝吧！當明月照射在揚州的二十四橋上時，昔日的美女們不知在何處吹簫。

心中積累了很多學問，就像樹上開了花；根子牢固深厚，它的支幹就會鬱鬱蒼蒼。學習古人寫詩的方法，只能學其精神，而不能生硬模仿。

一八三、宇宙性的沈思

江畔何人初見月　江月何年初照人　人生代代無窮已　江月年年祇相似

（『唐詩選』張若虛・春江花月夜）

這首詩寄月抒懷。原詩計有三十六句，描寫春天長江的夜景，並敘述妻子思念旅途中丈夫的心情。

張若虛（七二〇年歿）的詩現在僅存二首。其中的這一首頗為知名。詩的大意是：

水連天，天接水，清澄地形成水天一色。月亮當空掛著，綻放出皎潔的月光。人生不斷地代代相傳，只有河畔的月亮始終不曾改變，歲歲年年照映著長江。

「江月年年祇相似」和「年年歲歲花相似」同樣表現了不願苟安的心態，以及對於人世無常所發出的浩嘆。儘管人數已登陸了月球，但這種沈思，即使歷經世世代代，仍不會改變吧！

一八四、鐘聲勾起了旅愁

月落烏啼霜滿天　江楓漁火對愁眠　姑蘇城外寒山寺　夜半鐘聲到客船

（『唐詩選・三百首』張繼・楓橋夜泊）

這首詩把水鄉蘇州（姑蘇）的風情，充分展露無遺。作者張繼是八世紀後半的人，自從作了這首詩以後，寒山寺便成了有名的佛教勝地之一。「楓橋」橫跨於寒山寺附近的運河上。由於排列於運河畔的野榛樹葉也是紅色的，因而被作者誤認為楓樹，因此，後人們便在河畔遍植楓樹，蔚為特殊景觀。

寒山寺創建於六世紀初葉，是中國大陸首屈一指的古剎，據說詩僧寒山曾居住於此，因而得名。由於屢遭祝融之災，唐代的鐘早已遺失。以鐘聲名聞遐邇的寒山寺，事實上是由明代所重鑄的巨鐘來發出美妙的樂聲，但明代的鐘也因戰亂而下落不明，現存的鐘是日本明治時代所贈予的小型鐘。

要知道劍的好壞，應用它去砍鐘；要知道玉的優劣，必須把它放在火裡燒，能透徹地了解一件東西後，才知道它的絕妙之處。

一八五、塞外旅情

黃河遠上白雲間　一片孤城萬仞山　羌笛何須怨楊柳　春光不度玉門關

（『唐詩選』王之渙・涼州詞）

這首詩表現荒涼的塞外旅情。玉門關位於敦煌（甘肅省）東北方兩百多公里的沙漠地帶，是通往西域北道的重要關口。

黃河似乎發源於遙遠的白雲端，萬丈連峰的祁連山脈，只有一座城堡孤立在其中。

荒涼的塞外風景中，傳來西藏人的樂器——羌笛所吹出的充滿離別哀傷的調子——「折揚」曲，但是，吹那種曲調有何用呢？春風根本吹不到玉門關。

據說玄奘（三藏法師）在赴往印度途中，曾被拘禁在玉門關，後來闖關而逃。而二百年後，一位日本和尚（中國名金剛三昧）也追尋玄奘的足跡而到西域旅行，不知他行經此地時，是抱著什麼樣的心情！

一八六、雄偉的大自然㈠

白日依山盡　黃河入海流　欲窮千里目　更上一層樓

（『唐詩選・三百首』王之渙・登鸛鵲樓）

這是描寫中國大陸雄偉自然景觀中，極為出色的一首詩。

王之渙（七四二年歿）現存的詩只有絕句六首，其中以「登鸛鵲樓」以及「涼州詞」二首最為膾炙人口。

鸛鵲樓位於山西省永濟縣，據說是俯視黃河之景的勝地之一。黃河從陝北高原流經三門峽，穿過華北大平原而注入渤海，其間約一千公里。作者將此種澎湃的感覺寫得入木三分，使人內心感到有驚人的原動力不斷地震撼著。

為了要看盡這種奇觀，作者抑制不了內心的興奮，更上層樓，一覽無遺。這種表現方式充滿了活力與積極，難怪流傳了一千多年仍然歷久彌新。

把文章寫活的辦法是：首先要充滿生氣，抓住主題，就像攻打敵壘時，最要緊的是，要捉住敵人的首領。

『唐詩選』給現代人的啟示

一八七、雄偉的大自然(二)

昔聞洞庭水　今上岳陽樓　吳楚東南坼　乾坤日夜浮　親朋無一字
老病有孤舟　戎馬關山北　憑軒涕泗流

(『唐詩選・三百首』杜甫・登岳陽樓)

岳陽樓位於中國第二大湖——洞庭湖畔，作者於去世前二年造訪此樓，當時已年老多病，但仍然能將洞庭湖壯觀的景象刻劃入微，實在不愧為「詩聖」。

雖然這首詩不如當年登泰山時詠出「岱宗夫如何」那種充滿活力的躍動感，但仍表現出詩人深厚的功力。例如「吳楚東南坼，乾坤日夜浮」形容吳、楚地界彷彿被分割成東、南兩部分，蒼茫的湖水像是天地，日夜都在它上面浮動。

和前首「登鸛鵲樓」的「動」形成對比，加上因為身老多病而流露出的無限感慨，也與前首充滿積極的理想，迥然不同。總之，前首神采飛揚，此首老成持重，各有千秋。讀者不妨細細品味，對照來看。

一八八、老人與秋天

老去悲秋強自寬　興來今日盡君歡
羞將短髮還吹帽　笑倩旁人爲正冠
藍水遠從千澗落　玉山高並兩峰寒
明年此會知誰健　醉把茱萸仔細看

（『唐詩選』杜甫・九日藍田崔氏莊）

這首詩表現了因年華老大而悲秋傷春的感慨，是作者杜甫於作了「曲江對酒」一詩之後，被派到華州（陝西省）任職那一年的九月九日，在華州西南藍田的崔氏別墅宴席上所作的一首七言律詩。詩的大意是：

這個秋天對逐漸邁入老境的我來說，實在是充滿了感傷。但是，煩惱又有何用呢？不如振奮精神，趁興儘情地享樂吧！然而，毛髮日益脫落，逐漸變薄，以致被風吹落了帽子，只好請他人拾起再將帽子戴上。（當時的帽子必須以針固定在頭髮上。）

舉目四望是一片山水絕景，想到明年的自己不知會變成什麼樣子，便拿起茱萸邊看邊想老後的處境。

一八九、及時行樂

同心結縷帶　連理織成衣　春朝桂尊尊百味　秋夜蘭燈燈九微　翠幌珠簾不獨映　清歌寶瑟自相依　且論三萬六千是　寧知四十九年非

（『唐詩選』駱賓王・帝京篇）

這首詩敘述著長安的權貴之士崇尚享樂主義的人生觀。詩意是：纏在腰部的是牢固地打著同心結的帶子，身上穿的是繪著連理木花紋的衣服。在春天就準備好一百種裝在桂桶裏美味的酒，秋夜用的燭台是九枝吊燈。用翡翠羽毛做的窗帘和珍珠帘子相照映，清脆的歌聲和玉琴相互調和著。人生頂多一百年（三萬六千日），何不盡情享樂呢？何必像昔日的聖賢日日反省，到了五十歲時，始知以前的四十九年都錯了！那又有何用呢？

接受縫隙來的光，可以照亮一個角落；接受窗口來的光，可以照亮一面的牆；接受從門口來的光，整個屋子裡的東西都可以看見，何況接受整個宇宙的光呢？人的心靈接受到光明的東西越多，思想品德就越高尚，越有聰明智慧。

一九〇、女中丈夫

虢國夫人承主恩　平明騎馬入宮門　卻嫌脂粉污顏色　淡掃蛾眉朝至尊

（『唐詩選‧三百首』張祜‧虢夫人）

這首詩是描寫楊貴妃的姊姊（受封為虢國夫人），走在時代前端，爭取解放的作風。

女性騎馬在當時來說，是屬於時髦的風尚。「平明」是早晨，也就是皇帝上朝的時間，通常是禁止女性入宮的。但是，她仗著皇親的勢力，大搖大擺地入宮。而且，她認為塗抹胭脂會破壞女子天生的美貌，只是輕輕地畫了眉毛，就入宮謁見皇帝。

當楊貴妃自縊於馬嵬坡時，她刺殺了楊國忠的妻子，而後自刎身亡。由此可見其膽氣實在不讓鬚眉，可謂女中之丈夫。

富貴時保持清醒頭腦，貧賤時能保持樂觀精神，這就是豪傑處處所體現的本色了。

一九一、春天的訊息

獨有宦遊人　偏驚物候新　雲霞出海曙　梅柳渡江春

（『唐詩選・三百首』杜審言・和晉陵陸丞早春遊望）

作者杜審言在江陰縣（江蘇省）任職時寫了這首五言律詩。由於他是北方人，獨自宦遊在外，因而特別容易因氣候和景物的轉換而驚心，故發而為詩。

雲霞照映在海上形成一片曙光，梅樹和柳樹令人感到觸目盡是春色。

綜觀歷代不朽的詩詞，無不表現出細膩的情感，令後人追懷不已，讀者不妨探究其作詩動機及生活與時代背景，當可一窺其端倪。

原來偉大詩作的孕育，都來自一顆易感的心和懷才不遇的困阨，因而磨練出驚人的感性，進而產生創造性的作品。

寫文章如果只是為了迎合世俗的口味，就失去了文章的格調。文章如果不反映社會，寫得再好又有什麼益處呢？

一九二、為風聲所驚動

何處秋風至　蕭蕭送雁群　朝來入庭樹　孤客最先聞

（『唐詩選』劉禹錫・秋風引）

這首詩「秋風引」可能是作者劉禹錫被降職流放時的作品。和前首一樣，他們都是宦遊人，對季節的轉換特別敏感。而前首是由光與色——以視覺來抓住春色；此首則是透過聽覺——因風聲來感受秋天的到來。

詩的大意是：

秋風到底是從那裏來的呢？風蕭蕭地吹，送來了雁群。

事實上，秋風在早晨已悄悄地侵入庭院的樹梢，最先發現它到來的，就是我這個孤單在異鄉作客的失意人。

小人巧詐，會偽裝，所以能討人喜歡；君子誠實而卻顯得笨拙，好像是拘泥守舊，其實為人正直，所以能理解他的人就少。

一九三、同享田園樂趣

終南有茅屋　前對終南山　終年無客長閉關　終日無心長自閑
不妨飲酒復垂釣　君但能來相往還　（『唐詩選』王維・答張五弟）

王維在長安南方終南山麓建造了輞川別墅，在那兒度過了安閑優雅的生活。這首是他寫給朋友張諲的七言古詩，邀請對方到家中閒坐飲酒、垂釣。詩的大意是：我住在終南山麓的破茅屋中，終年沒有訪客，因而門常關著。從早到晚悠閒自在，沒有什麼值得心煩的事。有興趣的話，不妨到寒舍小聚，讓我們喝喝酒、釣釣魚，享受美好的田園生活。

詩中用了四個「終」日，可能是配合「終南山」的俏皮用法。但是，這種用法和開門見山式的邀請也頗能互相呼應。

君子做學問，聽在耳裡，記在心上，還要以身作則，表現在日常行動中，哪怕是最微小的一言一行，都可供別人效法。

一九四、與萬化冥合

中歲頗好道　晚家南山陲　興來每獨往　勝事空自知　行到水窮處
坐看雲起時　偶然值林叟　談笑無還期（『三百首』王維・終南別業）

這首詩表現了與自然融合的隱士心境，和前首一樣，也是歌詠美好的終南山別墅生活。

王維對宰相李林甫獨裁下的腐敗政治感到厭惡不已，因此，作此詩時已是半隱士的心境。在詩的開端便說：「我到了中年便很愛好佛道，晚年則住在終南山的旁邊。」以下則敘述在那兒的生活狀況：

興致一來就一個人到各處尋幽攬勝，個中的樂趣只有自己知道，有時不覺地走到水的盡頭，便坐在那兒看著白雲冉冉升起。偶然碰到山林中的老人，便互相談笑聊天而忘卻了回家。

做事果斷的人好像很忙，但心裏常有餘閒；因循寡斷的人好像很閒暇，而心裡卻忙忙碌碌。

一九五、詠美女

雲想衣裳花想容　春風拂檻露華濃　若非群玉山頭見　會向瑤台月下逢

（『唐詩選・三百首』李白・清平調詞一）

「清平調」是曲調名，唐玄宗在宮內舉辦牡丹宴時，召來李白用此曲調作詞。李白雖為宿醉所苦，仍洋洋灑灑地寫下了此首不朽之作，以稱讚楊貴妃的美貌，驚動了在座的賓客。

從衣裳想到雲、從容貌想到花，是極其普遍的聯想。但能將此聯想倒轉過來，才更具創意。這就是「詩仙」不同凡響的地方。

當春風吹拂窗檻，映著露光的人兒就更覺濃艷了，這句詩暗示玄宗的恩寵，也更襯托出牡丹花——楊貴妃的色與香。

「群玉山」指西王母居住的仙山，「瑤台」則是仙女娀氏居住的地方。將楊貴妃喻為仙女下凡，並以玉山、瑤台、月下使人聯想到如白玉般清明的白牡丹。林林總總令人嘆為觀止。

一九六、楚腰纖細掌中輕

一枝紅艷露凝香　雲雨巫山枉斷腸　借問漢宮誰得似　可憐飛燕倚新粧

（『唐詩選・三百首』李白・清平調詞二）

前首以白牡丹比喻楊貴妃的美貌，此首則以紅牡丹的濃艷譬喻趙飛燕的輕靈。趙飛燕是漢成帝的皇后，也是漢代唯一的美女。據說她的體態輕盈，幾乎可以在掌上舞蹈。有人說她比不上楊貴妃的天生麗質，這種奉承令楊貴妃喜不自勝，一再地吟哦這首詩。

趙飛燕後因品行上有了污點而被迫自殺。從此人們認為將飛燕與貴妃相比是不敬的，而李白也因此以自願退休的方式，被委婉地從宮廷中趕出來了。

以狹窄的眼光，很難認識偉大的事物；以微弱的力量，難以勝任重大的事情。把傲慢當作高尚，把阿諛諂媚當作禮貌，把刻薄當作聰明，把卑劣當做寬大，都是不好的品質。

一九七、傾國美女

回眸一笑百媚生　六宮粉黛無顏色　溫泉水滑洗凝脂　侍兒扶起嬌無力

（『三百首』白居易・長恨歌）

「長恨歌」是詩人白居易，為描寫唐玄宗與楊貴妃之間的戀情所作的。全詩計有一百二十句，而且幾乎句句是名句。現將極具代表性的詩句分為四章加以說明：

首先，形容她是絕世的佳人：

她只要回眸一笑，便顯出無限的嬌媚，六宮的嬪妃和他一比，全都黯然失色。——據說唐玄宗時，後宮的美女多達四萬人，全都是經精挑細選而來的。然而，楊貴妃的嬌媚卻是這些美女們所望塵莫及的。以上是敘述她的容貌。

「溫泉水滑……嬌無力」則是形容她的姿態，難怪足以傾國傾城。

每個人身上都有優點，用他的優點，天下就沒有不可用的人；如果能把理論和實踐結合起來，那麼，天下就有實際的學問了。

一九八、思念故人㈠

蜀江水碧蜀山青　聖主朝朝暮暮情　行宮見月傷心色　夜雨聞鈴腸斷聲

（『三百首』白居易・長恨歌）

唐玄宗自從得到楊貴妃之後，便不再早起登朝接見臣下了。她承奉著玄宗的歡心，隨侍在宴席旁，片刻不得休閒；白天和皇上到處嬉遊，夜晚則是她一人陪伴著皇上。後宮有三千個美女，然而皇上的寵愛卻只集中在她一人身上。

誰知突然爆發了安祿山的叛變，皇帝一行人倉惶地朝著蜀地逃亡，半途卻引起御林軍的不滿，可憐楊貴妃因而被賜死，玄宗流著血和淚在塵土飛揚中越過蜀地棧道。峨嵋山下行人稀，淡淡的陽光照著已褪色的旌旗。

四川的青山與綠水，都佈滿了皇上日夜的哀思。行宮的月光，是一片傷心的色調，雨中聽到和風雨相應的鈴聲，更令皇上肝腸欲斷。

志同道合的人，就是彼此在天涯海角，也不覺得遠；貌合神離的人，縱然只有咫尺之隔，也覺得距離很遠。

一九九、思念故人(二)

夕殿螢飛思悄然　孤燈挑盡未成眠　遲遲鐘鼓初長夜　耿耿星河欲曙天
鴛鴦瓦冷霜華重　翡翠衾寒誰與共　(『三百首』白居易・長恨歌)

不久，安史之亂平定了，唐玄宗也返回京城，此後的日子真令人難捱：黑夜裏獨自坐著，望著殿前飛過的流螢，感傷地思念往事，孤零零的油燈都已燒盡了，仍然無法成眠。

緩緩傳來遠處報更聲，令人感到月夜的漫長，好不容易星光逐漸黯淡，天色微微發白。

鴛鴦瓦上覆蓋著厚厚的白霜，淒冷的翡翠被中有誰能來相伴呢？

善於巴結奉承的人，自己玷污了自己的靈魂和名聲；喜歡他的巴結奉承並且和他交往密切，就會被他所玷污。

二〇〇、信誓旦旦

在天願作比翼鳥　在地願為連理枝　天長地久有時盡　此恨綿綿無盡期

（『三百首』白居易・長恨歌）

有一個客居在京城的道士，被皇上的深情所感動，於是殷勤地代為尋覓楊貴妃芳蹤，在遙遠的海外仙山中找到了已成仙女的楊貴妃。仙女知道是天子使者來找她時，「玉客寂寞淚闌干，梨花一枝春帶雨。」

隨後貴妃將金釵折為兩段，一段託付道士，希望雙方各執一半，相信總有會再相見的一天。臨別時，仙女又說了幾句話託道士帶回：「還記得那一年七月七日夜半無人，我們在長生殿信誓旦旦。濃情蜜意地說出：在天願作比翼鳥，在地願為連理枝的誓言嗎？

天雖長，地雖久，總有到盡頭的時候。這種生離死別的愁恨，卻連綿不斷，永無休止。」

《小知識四》

耐人尋味的詩歌

中國詩歌耐人尋味，發人深省。例如，『唐詩選』中郭震所作的子夜春歌中說「妾心正斷絕，君懷那得知？」等，以及本書所列舉的各種類型的詩，總能帶給讀者些許的啟示與潛移默化。

所謂的「詩可以興，可以觀、可以群、可以怨」。要能發揮這些作用，才有益世道人心，絕不是那些附庸風雅的作品所可比擬的。

人的天資本來沒有多大差別，只看好學還是不好學，用心不用心罷了。去掉小聰明，就會有更多的聰明才智。

國家圖書館出版品預行編目資料

『唐詩選』給現代人的啟示／陳羲主編
－初版－臺北市，大展，民 95
面；21 公分－（鑑往知來；5）
ISBN 957-468-432-6（平裝）

831.4　　94022092

（鑑往知來 5）
『唐詩選』給現代人的啟示　ISBN 957-468-432-6

主編者／陳　羲
發行人／蔡　森　明
出版者／大展出版社有限公司
社　址／台北市北投區（石牌）致遠一路 2 段 12 巷 1 號
電　話／(02) 28236031・28236033・28233123
傳　真／(02) 28272069
郵政劃撥／01669551
網　址／www.dah-jaan.com.tw
E-mail／service@dah-jaan.com.tw
登記證／局版臺業字第 2171 號
承印者／國順文具印刷行
裝　訂／建鑫印刷裝訂有限公司
排版者／千兵企業有限公司
初版1刷／2006 年（民 95 年） 1 月

定　價／220 元